AF461034

LETTRES

DE

MARIE DE VALOIS

Fille de Charles VII et d'Agnès Sorel

A

OLIVIER DE COETIVY, Sgr DE TAILLEBOURG

SON MARI

1458-1472

Publiées d'après les originaux

PAR

PAUL MARCHEGAY

Membre du Comité des Travaux historiques
Vice-Président de la Société d'Émulation de la Vendée

LES ROCHES-BARITAUD
(VENDÉE)
1875

Tiré à cent exemplaires.

La Roche-sur-Yon. — L. GASTÉ, imprimeur de la Société d'Émulation.

Hommage

a

Madame la duchesse

de

La Trémoille.

Cette correspondance originale est la plus ancienne, peut-être aussi la plus curieuse (1) *de toutes celles que le duc de La Trémoille a découvertes dans son chartrier. Elle montre comment vivait une jeune châtelaine de l'ouest de la France, tandis que son mari était à l'armée ou à la cour; quels étaient ses passe-temps, ses habitudes, ses préoccupations; comment elle entendait ses devoirs de grande dame, d'épouse et de mère. On ne connaît guère la vie privée des femmes, au quinzième siècle, que d'après les romans de chevalerie, les fabliaux, les contes et même les lettres de rémission, qui mettent surtout en relief le côté faible de leur sexe. Ici nous avons vraiment la nature prise sur le fait; et les témoignages naïfs et éloquents du caractère de celle qui parle sont confirmés par plusieurs actes d'une irrécusable authenticité. Le nom des correspondants ajoute d'ailleurs un nouvel intérêt aux lettres du chartrier de Thouars.*

Olivier de Coëtivy était le plus jeune fils d'une famille bretonne dont le chef avait été tué en combattant les Anglais et dont il devait rester l'unique héritier. L'aîné de ses frères, nommé Prégent, que Charles VII avait attiré à son service et fait seigneur de Taillebourg, en Saintonge, était sans postérité de sa femme Marie de

(1) Voir Revue des Sociétés savantes, 4e série, tome 9, pages 73-81.

Laval, dame de Rays; et tandis qu'Alain devenait un des plus éclairés et des plus pieux cardinaux de l'église romaine et que Christophe, par santé ou par humeur, ne cherchait pas à dépasser le rang d'écuyer d'écurie du Roi, Olivier leur cadet, doué d'une énergie et d'une intelligence précoces, partait pour la guerre avant même d'avoir la force de porter le casque et la cuirasse. Il s'était déjà attaché depuis plusieurs années aux pas de Prégent, lorsqu'en 1439 les exploits de celui-ci et sa fidélité inaltérable le firent nommer grand amiral de France. Sous un tel maître, qui ne lui épargnait ni leçons ni conseils, la fougue du jeune gendarme se modéra, pendant que de solides qualités se développèrent. Capitaine dans l'armée qui s'efforçait de détruire la domination anglaise en Normandie, il fut pourvu de plusieurs commandements difficiles et fait chevalier à la journée de Formigny, 15 avril 1450. Il recueillait le 20 juillet suivant la principale part de l'héritage de son frère l'amiral, tué d'un coup de canon en s'emparant de Cherbourg, dernier port de la Manche dont les étrangers étaient encore maîtres. Après la soumission de la Guyenne, en 1451, Charles VII avait nommé le nouveau seigneur de Taillebourg grand sénéchal de cette province. La trahison des bordelais le rendit l'année suivante prisonnier du célèbre Talbot, qui l'envoya en Angleterre; il ne recouvra la liberté qu'en 1455.

La victoire décisive de Castillon, près Bordeaux, et le retour définitif sous la domination française des provinces que le funeste divorce du roi Louis VII avait livrées aux Plantagenet, permettaient à Olivier de Coëtivy, sa rançon payée, de goûter dans sa résidence des bords de la Charente un repos dont il n'avait joui qu'à de rares intervalles. Il était temps d'ailleurs, aux approches de la quarantaine, de songer à l'important devoir qu'il avait à remplir comme dernier représentant de la famille de Coëtivy.

Cette préoccupation paraît avoir eu pour résultat de le retenir au château de Taillebourg plutôt que de l'en éloigner. Il y retrouvait belle et grande celle que quinze années auparavant son frère aîné y avait amenée enfant, la recommandant à l'expérience et à l'affection de leur vénérée mère Catherine Du Chastel. On ne l'appelait que Madamoiselle Marie, *mais avec les soins dont elle était entourée, l'absence de nom de famille indiquait une naissance illégitime et un père haut placé. Olivier ne fut probablement pas mis dès l'origine dans le secret confié à Prégent; il dût néanmoins l'apprendre avant la mort de celui-ci et au plus tard lors du séjour, assez long, que Charles VII fit à Taillebourg, en 1451. Le hardi capitaine éprouva peut-être un certain embarras en apprenant que la petite damoiselle dont il encourageait les jeux, qu'il avait fait danser sur ses genoux et portée dans ses bras, et pour laquelle en ce moment son affection se transformait comme celle qui l'avait inspirée, était l'enfant d'Agnès Sorel et du Roi de France.*

Des quatre filles nées de l'amour de Charles VII pour la belle Reine de la main gauche *dont les généreux reproches avaient souvent relevé et stimulé son courage, l'une était morte au berceau. Sur la plus jeune, nommée Jeanne, on n'a pas d'autre renseignement que son mariage avec Antoine de Bueil, comte de Sancerre. Charlotte, l'aînée des trois sœurs, finit tragiquement une vie galante, âgée de quarante-trois ans et ayant eu cinq enfants au moins. A la suite d'une partie de chasse, surprise en adultère avec le veneur de son mari Jacques de Brezé, grand sénéchal de Normandie, celui-ci les tua tous deux à coups d'épée.*

Jusqu'aux premières recherches sur Agnès Sorel publiées, en 1849, par Vallet de Viriville, on a été si mal renseigné sur Mme de Taillebourg que tous les historiens la nommaient Marguerite; dorénavant, grâce à sa correspondance, elle sera une des femmes du quinzième siècle les mieux connues. La première des lettres qui suivent, antérieure de trois mois à son mariage, prouve bien que Marie ne dût faire auprès du Roi aucune opposition aux démarches du seigneur de Taillebourg. L'affection franche et expansive de la fille en âge de marier (1) *pour l'ami d'enfance nommé dans toutes ses prières, devient ensuite l'amour vif et éloquent de la femme unie à l'époux de son choix.*

A l'occasion de ce mariage, Charles VII l'avoua pour sa fille naturelle, et il lui donna le nom de Valois avec les armes de France modifiées par la barre indiquant la bâtardise (2). *Deux belles seigneuries saintongeoises, Royan et Mornac, plus la somme de 12,000 écus, lui furent assignées par le contrat, 25 novembre 1458, auquel le Roi se fit représenter par un des généraux de ses finances. De riches étoffes de laine et de soie (velours, satins, &&), des fourrures et des bijoux, ayant coûté 1,650 livres et d'autant plus appréciés que la mariée aimait les beaux atours* (3), *concoururent aussi à prouver l'affection du monarque pour son enfant et pour le loyal conseiller et capitaine auquel il la donnait.*

Tant que vécut Charles VII, le bonheur de la jeune femme n'éprouva guère d'autres altérations que les chagrins causés par les absences fréquentes et prolongées de son mari, par la rareté de ses lettres et aussi par l'oubli de ses commissions en robes, bonnets et colliers. Les craintes de M. et Mme de Taillebourg au sujet de l'avènement de Louis XI furent encore dépassées par la conduite de ce prince, ennemi déclaré de tous les fidèles

(1) V. Appendice, pièce A.

(2) Ibid. pièces B, C.

(3) Ibid. pièces D, M.

serviteurs de son père et accusé par la voix publique d'avoir fait empoisonner la belle Agnès. Non content d'enlever à sa sœur naturelle Royan et Mornac, et de refuser le paiement du reste de la dot, le nouveau Roi ôta à Olivier l'office de sénéchal de Guyenne et favorisa toutes les attaques, de droit et de fait (1), *ayant pour but de s'emparer des domaines acquis par l'amiral Prégent, à la suite de confiscations sur des seigneurs qui avaient abandonné le parti du Roi de France pour se rendre anglais. Louis XI dépouilla même, et fit expulser deux fois, M. et Mme de Taillebourg du château où ils résidaient* (2) *et dont ils portaient le nom, ne leur accordant Rochefort-sur-Charente que pour les en déposséder aussitôt, afin de le donner à l'un des principaux chefs de la guerre du Bien Public.*

La soumission et la patience d'Olivier ainsi que la résignation de Marie finirent par ramener le monarque à de meilleurs sentiments. Plusieurs missions importantes avaient justifié la confiance qu'il accordait à son beau-frère; elles furent suivies de mesures le rétablissant dans tous ses biens, avec indemnité des pertes qu'il avait subies. Au mois de mars 1480, nouveau style, Louis XI poussa même le repentir jusqu'à énumérer, en des lettres patentes datées du Plessis du Parc lès Tours, une partie des torts qu'il avait eus envers M. et Mme de Taillebourg (3).

Marie de Valois avait assisté aux premières manifestations de ce changement, mais elle n'en vit pas le dernier témoignage. Les peines et les craintes résultant des persécutions de Louis XI, ainsi que les fatigues de couches nombreuses (4), *plusieurs doubles, avaient épuisé*

(1) V. Appendice, pièces G, H.

(2) Ibid. pièce F.

(3) Ibid. pièce N.

(4) Ibid. pièce K.

ses forces. Elle mourut à la fin de 1473, âgée d'environ trente-sept ans, dans son cher Taillebourg d'où elle n'était presque pas sortie (1). *Sa bonté et sa piété lui avaient acquis dans la contrée le renom de sainte* (2), *et l'on y parla hautement de miracles faits à son tombeau. Olivier la suivit en 1480, plus vieux d'infirmités que d'âge.*

L'histoire généalogique du P. Anselme, dont nous avons déjà relevé l'erreur au sujet du nom de baptême de Mme de Taillebourg, en a commis une autre par l'inscription au nombre de ses enfans d'une sœur de son mari, appelée Adelice. Le fils et les trois filles, cités dans ses lettres, et pour lesquels son affection était aussi dévouée que judicieuse, lui survécurent ainsi qu'à leur père. L'espace nous manque pour parler de Catherine, Marguerite et Gillete de Coëtivy; et nous renvoyons au recueil du P. Anselme, vol. VII, *p.* 845, *ou au Bulletin de la Société Archéologique de Nantes, vol.* X *et* XI.

Charles leur frère, premier comte de Taillebourg, épousa Jeanne d'Orléans-Angoulême, cousine-germaine du roi Louis XII et tante de Francois Ier. Il avait fait les premières guerres d'Italie lorsqu'il mourut en 1505, laissant une fille unie depuis peu à Charles de La Trémoille, prince de Talmont en Bas-Poitou, fils unique de Louis IIe du nom et de Charlotte de Bourbon-Montpensier. Ce mariage apporta dans la maison des nouveaux vicomtes, depuis ducs de Thouars, les vastes et riches domaines de Louise de Coëtivy entre la Charente et la Gironde; par lui également sont entrées dans leur chartrier les archives des débris desquelles proviennent les trente-quatre lettres de Mme de Taillebourg à son mari, que nous publions.

(1) V. Appendice, pièce J.

(2) Ibid. pièces E, L.

En les classant par ordre chronologique, le moins mal possible (1), *et en rectifiant leur orthographe* (2), *nous avons cherché à rendre leur lecture plus facile pour les personnes qui ne sont pas habituées aux anciens textes. Ainsi nous faisons mieux connaître les circonstances dans lesquelles la seconde fille de Charles VII et d'Agnès Sorel, gracieuse et spirituelle comme sa mère, mais élevée à meilleure école, se montre si richement douée des qualités et des vertus qui sont dans tous les siècles l'apanage de l'honnête femme.*

(1) Par suite d'une confusion de chiffres, qui n'a pas été reconnue à temps, la seconde lettre de la page 18, écrite en 1463 et non en 1465, est numérotée 22 au lieu de 18.

(2) La lettre 30e est textuellement reproduite.

LETTRES

DE

MADAME DE TAILLEBOURG

A SON MARI

1. — *22 août 1458* (1).

Monseigneur, je me recommande à votre bonne grâce tant comme je puis, en vous merciant de ce que [il] vous a plu de me récrire et faire assavoir de vos nouvelles.

En vérité, Monsgr, il y a rien dont je suis si joyeuse comme d'en ouir et savoir souvent, et le plus grant plaisir que me pouvez faire c'est me faire assavoir de vos bonnes nouvelles. Monsgr, je vous .mercie des deux bonnets et de la toile et des aiguilles que vous m'avez envoyés ; aussi, Monsgr, n'avois plus que faire, mais je passerai temps à ourler mes coiffichers en attendant de vous revoir, en priant Dieu que aussi brief puissiez être comme je le désire. Monsgr, vous m'avez envoyé un petit coifficher à prendre patron à ourler mes coiffichers, mais Yvonnet vous saura bien à dire si ma couture n'est pas aussi belle comme celle que m'avez envoyée. Monsgr, autre chose ne sais que vous récrire pour le présent, fors que prier Notre Seigneur qu'il vous donne ce que votre cœur désire.

Ecrit à Taillebourg, le mardi 22e jour d'août.

La toute vôtre,

MARIE.

(1) Cette lettre est antérieure au mariage.

2. — *12 mars 1459.*

Mons^{gr}, je me recommande très-humblement à votre bonne grâce. Mons^{gr}, j'ai grand peur que à la fin l'on ne die que ne soyez pas si gracieux comme n'a guère de temps je cuidoie que fussiez, car je me attendoie que par Bertrand me écrivissiez bien au long de vos nouvelles, dont n'avez rien fait ; et si ne fût ce que j'ai vu les lettres que avez écrites à Kerradenec, j'eusse été bien mal à mon aise. Mais au fait puisque j'ai su que êtes en bon point j'en suis contente; et croy que quand Bertrand partit que penseriez encore ès belles bagues que les belles filles vous avoient données et que m'avez envoyées par Vincent Eussent, qui m'a apporté un petit coffret et une belle mante. Et néanmoins que les Anglois aient pris les vivres, ils ont été si gracieux qu'ils n'ont point touché à mon dit coffre, comme je crois, car je l'ai trouvé bien à point et y a de belles chemises.

Mons^{gr}, je vous supplie qu'il vous plaise me faire savoir de vos bonnes nouvelles et me renvoyer ce porteur ou quelque autre, et m'envoyer des graines pour semer en vos jardins, car vous ne vites jamais femme mieux embesognée que je suis pour les adouber; et encore aimerais-je mieux que vous-même les apportissiez, s'il est possible. Mons^{gr}, je ne vous sauroie plus que écrire pour ce que Bertrand vous dira tout, fors que je prie Notre Seigneur qu'il vous donne tout ce que votre cœur désire.

Ecrit à Taillebourg, le 12e jour de mars.

La toute vôtre,

MARIE DE VALOIS.

3. — *13 avril 1459.*

Mons^{gr}, je me recommande à votre bonne grâce tant et si humblement comme je puis. Mons^{gr}, j'ai su de vos nouvelles, et aussi les recommandations lesquelles m'a fait Maurice de Ville-Blanche de par vous, de quoi j'ai été bien joyeuse et vous en mercie tant et si humblement comme je puis. Mons^{gr}, autre chose je ne vous sauroie que écrire, fors que je ne vous sauroie faire assavoir la moitié du désir que j'ai de vous voir. Mons^{gr}, plaise à vous de me faire assavoir de vos nouvelles, car c'est la chose que plus je désire que d'en ouir.

Ecrit le 13e jour d'avril.

La plus que vôtre entièrement,

MARIE DE VALOIS.

---

4. — *Vers 1459.*

Mons^{gr}, je me recommande à votre bonne grâce tant et si humblement comme le puis. Et vous plaise assavoir, Mons^{gr}, que j'ai reçu les lettres qu'il vous a plu me envoyer par Blanche-Lame, dont tant humblement comme je puis vous remercie ; par lesquelles lettres j'ai su de vos nouvelles, dont je suis très-joyeuse, et encore seroie-je plus de votre venue, car c'est une chose que je désire tant que ne pourriez croire. Mons^{gr}, je ne pensoie pas, quand vous partites d'avec moi, que vous eussiez fait si longue demeurée, car si je l'eusse su je ne vous eusse pas laissé aller, sur ma foi. Mons^{gr}, de ce que vous me faites mention aux dernières de vos lettres, au jour de ma vie je ne montrai ni ne dis à homme ni à dame qui soit chose qui vous dût déplaire, et aussi seroie-je bien marrie de le faire. Monsgr, autre chose ne sais que vous écrire pour le présent, fors que je prie au benoit fils de Dieu qu'il vous donne ce que votre cœur désire ; et aussi brief puissiez vous être de par deçà si comme je le voudroie.

Ecrit ce jeudi au soir.

La plus que vôtre,

MARIE DE VALOIS.

---

5. — *11 mars 1460.*

Monsgr, je me recommande à votre bonne grâce le plus humblement que je puis. Monsgr, j'ai vu les lettres qu'il vous a plu m'écrire par votre maréchal, par lesquelles me semble que avez grand désir de venir par deçà, ce que de ma part je désire fort, mais que ne fissiez pas votre voyage si court comme vous avez accoutumé. Monsgr, tout mon ménage est en bon point, la merci Dieu, à qui je prie qu'il vous donne bonne vie et longue et ce que votre cœur désire.

Ecrit à Taillebourg, le 11e jour de mars.

La toute vôtre,

MARIE DE VALOIS (1).

(1) Toutes les autres lettres, sauf la 8e, sont signées de la même manière.

6. — *23 mai 1460.*

Monsgr, je me recommande à votre bonne grâce tant et si très-humblement comme je puis. J'ai reçu les lettres que, par Taillebourg, il vous a plu m'écrire avec votre beau petit chien ; et avez bien fait, car c'est ung mariage accompli. Vous m'avez envoyé une petite chienne laquelle, lendemain qu'elle fut arrivée, eut un petit chien, et depuis ce dernier est pour tout adouber ; combien que je ne voudroie point que cuidissiez que pour chiens je pusse être contente de ce que tant demeurez par delà : et quant je cuideroie que demeuriez plus guère, je vous certifie que quelque jour vous seriez tout ébahi que vous trouveriez tout votre ménage à votre logis, et dussé-je mener le Rousseau et sa charrette.

Monsgr, je vous envoie une lettre qui m'a été apportée de mon frère monsr de Coëtivy, par laquelle verrez des nouvelles de Bretagne. J'ai depuis naguères été fort riche, car j'ai reçu de Jean Larzenet, présent Guillaume Hemery, pour la vente de vostre blé, 100 écus, et dois avoir cette semaine le demeurant. Aussi ai reçu de Guillaume Houdry, pour la prée d'Andilly qu'il a vendue, 40 écus ; desquelles sommes j'ai baillé déjà à Jean Vallée 50 écus pour faire vos besognes ; et tout ce je fais écrire en un papier que je garde devers moi. Aussi, Monsgr, j'ai reçu les deux tasses que avoit Baltazar, qui ont été acquittées par le prieur de Saint-Jame. Monsgr, autre chose ne vous sais que écrire, fors que je vous certifie par ma foi qu'il m'ennuie bien que n'êtes par deçà. Priant Notre Seigneur qu'il vous donne tout ce que votre cœur désire.

Ecrit à Taillebourg, le 23e jour de mai.

7. — 1er juin 1460.

Monsgr, je me recommande à votre bonne grâce tant et si très-humblement comme faire le puis. Et vous plaise savoir, Monsgr, que lundi dernier arriva ici Alain Poulpry, par lequel je reçus vos lettres ; et de sa venue je fus très-joyeuse, non pas pour amour de lui mais pour toujours savoir de vos nouvelles. Par lui j'ai reçu deux serges blanches, un tapis et du velours bleu six aunes, que m'avez envoyé ; et aussi m'écrivez que je lui fisse bailler 300 écus, ce qui n'a été fait pour ce que vous n'avez officier par deçà qui ait un denier, ainsi qu'ils disent ; mais le plus tôt que faire se pourra tout se paiera.

Monsgr, je vous envoie plusieurs lettres tant de monsr le Cardinal que autres, entre lesquelles y en a deux où il dit de la matière de Saintes. Et afin que sachiez tout, ceux du chapitre m'ont fait parler et se veulent faire forts de faire avoir à mondit sr le Cardinal l'évêché de Saintes, et aussi en ont parlé à mondit sr ; mais je doute que ce que ils veulent faire ne soit que pour eux venger de leur archidiacre lequel l'on dit qui est allé à Rome ; et crains fort à soutenir cette querelle, pour ce que je crois que à grand peine en pourroit l'on venir à bon chef, et pareillement crains qu'il vous en vienne comme autrefois. J'avoie envoyé Petit Jean à la cour pour voz besognes et affaires, par lequel monsr le Cardinal me écrivit une lettre que pareillement je vous envoie, avec la minute d'une lettre qu'il m'écrivoit que je devoie envoyer à monsr de Guyenne, ce que je fis incontinent par Carion ; et depuis mondit sr le Cardinal m'a envoyé une autre minute, pour ce qu'il lui sembloit que la première n'étoit pas bien, et m'a écrit par homme tout exprès que je n'envoyasse point Carion, mais il n'y avoit point de remède car jà deux jours avoit qu'il s'en étoit allé. Vous verrez tout.

Pareillement vous envoie une lettre que mons[r] le gouverneur de Roussillon m'a écrite et les minutes des réponses que je lui ai faites, afin que vous sachiez comme je suis bonne ménagère. Alain Poulpry s'en va demain devers mons[r] le Cardinal et porte avec lui je ne sais quelles besognes, et aussi mène Guillaume le frère de Guyon; lequel Guillaume reviendra incontinent et aussi le vous renvoierai avec toutes nouvelles, tant de ce que Carion aura apporté que autres. Mons[gr], tout votre ménage est en bon point et se porte bien, la merci Dieu, à qui je prie qu'il vous donne tout ce que votre cœur désire.

Ecrit à Taillebourg, le jour de la Pentecôte.

---

8. — *Vers 1460.*

Mons[gr], je me recommande à votre bonne grâce tant et si humblement comme je puis. Et vous plaise savoir que j'ai reçu les lettres lesquelles il vous a plu me écrire par Jeannot Taule, par lesquelles j'ai su de vos nouvelles dont j'ai été bien joyeuse ; et vous mercie, Mons[gr], très-humblement de celles qu'il vous a plu me faire assavoir. Et plût à Dieu, Mons[gr], que vous eussiez bien fait vos besognes de par de là et que fussiez à cette heure avec moy, car il me semble, si vous y seriez, que je seroie plus saine et plus à mon aise que je ne suis. Et tout métier seroit car, sur ma foi, depuis que vous ne fûtes ici je m'en suis trouvée bien malade et fais tous les jours ; et n'ai point meilleur appétit que je souloie, sinon depuis deux jours en ce que j'ai eu des becquets de Royan ès quels je trouve assez bon appétit.

Maurice de Ville-Blanche m'a demandé beaucoup de fois s'il est besoin d'envoyer querir maitre Thomas ; je crois bien qu'il ne seroit jà besoin de l'envoyer querir pour le présent. Mons^{gr}, autre chose ne sais que vous écrire, fors que je prie à Dieu qu'il donne ce que votre cœur désire.

Ecrit ce lundi au soir.

La plus que vôtre,

MARIE DE VALOIS.

---

9. — *10 février 1461.*

Mons^{gr}, je me recommande à votre bonne grâce tant et si humblement comme je puis, en vous remerciant, Mons^{gr}, tant humblement comme je puis dont il vous a plu me écrire et faire assavoir de vos bonnes nouvelles, de laquelle chose j'ai été et suis très-joyeuse ; et encore plus de quoi je espère que bien brief vous serez de par deçà, et non pas sitôt comme je voulisse, car je voudroie qu'il seroit plus tôt anuit que demain. Mons^{gr}, Montfort est aujourd'hui arrivé par devers moi, lequel m'a porté des lettres de mons^{r} le Cardinal; et me écrit très-bonnes nouvelles, de quoy je suis très-joyeuse. Je vous envoie lesdites lettres de mons^{r} le Cardinal, avec une autre lettre de mons^{r} le Grand-écuyer lesquelles Montfort m'a portées; mais sur ma foi, Mons^{gr}, elles sont si mal écrites que onques je ne sus les lire.

Mons^{gr}, je ne suis point allé loger à Saint-Severin, car j'aime autant être à la tour. Mons^{gr}, le visage de votre fille ne se guérit point, de quoi je suis bien marrie. Mons^{gr}, autre chose ne sais que vous récrire pour le présent, fors que je prie le benoit fils de Dieu qu'il vous donne tout ce que votre cœur désire.

Ecrit à Taillebourg, le mardi 10e jour de février.

10. — *17 juin 1461.*

Monsgr, je me recommande à votre bonne grâce tant humblement comme je puis. J'ai reçu les lettres qu'il vous a plu m'écrire par Bertrand, et par Kerradenec vous envoie tout ce que m'écriviez et que j'ay trouvé en votre boite. Et aussi ne me suis pas oubliée de prendre mon trésor, au quel avez pêché trop avant. Mais à cette fois faut que vous rendiez tout et de l'autre, car si vous ne me faites faire ce que je vous envoye cy dedans, par mémoire, vous ne serez pas le bienvenu, c'est assavoir : une belle chaine et deux belles ferrures et ma belle attache pour me faire belle, car je vous certifie que j'en ai bien besoin. J'ai le tout baillé à Kerradenec. Aussi, Monsgr, vous prie de ma belle robe verte, car encore ai-je le cœur au ventre. Monsgr, tout votre petit ménage est en bon point, la merci Dieu, ainsi que vous pourra dire ledit Kerradenec, par lequel saurez toutes autres nouvelles. Et autre chose, Monsgr, pour le présent ne vous sais que écrire, fors que je prie à Dieu qu'il vous donne tout ce que votre cœur désire.

Ecrit à Taillebourg, le 17e jour de juin.

---

11. — *Vers juillet 1461.*

Monsgr, je me recommande à votre bonne grâce tant et simplement comme je puis. Sur ma foi, Monsgr, il me semble qu'il y a déjà plus de dix ans de [puis] que partites d'avec moi, tant m'ennuie votre allée que ne sauriez croire ni penser ; mais toutefois je me reconforte un petit quand je pense que votre retour sera bien brief, s'il plait à Dieu, car ainsi me le promites quand partites d'avec moi : et pour ce, Monsgr, je vous prie tant humblement comme je puis que vos promesses ne veuillez faillir.

Monsgr, j'ai su de vos nouvelles par les lettres qu'avez récrites à Guillaume Houdry, de quoi j'ai été très joyeuse, et n'est rien de quoi je soie si aise que de en ouir souvent. Aussi ai su comment vous vous plaignez fort de moi, et avez volonté de me déshonorer à un chacun et dites que je vous ai robé ; mais, Monsgr, vous ne ferez pas ainsi, s'il vous plait, car vous savez que en quant que vous avez j'ai puissance, et sur vous aussi bien, et si ne l'ai pris si [ce] n'est pour le vous garder. Monsgr, j'ai bien souvent des nouvelles de ma fille, et me dit-on qu'elle est saine et en bon point, la merci Dieu, et est la plus belle damoiselle que vous vites onques. Monsgr, autre chose ne vous sauroie que récrire, fors que je prie le benoit fils de Dieu qu'il vous donne ce que votre cœur désire.

Ecrit à Royan, ce dimanche après souper.

Monsgr, après que je vous ai écrit mes lettres, ouis encore de vos nouvelles par Jean Roux, dont je fus très-joyeuse et voudroie que tous les jours en pusse ouir.

---

12. — *24 juillet 1461.*

Monsgr, je me recommande à votre bonne grâce tant humblement que faire le puis. Et vous plaise savoir, Monsgr, qu'il me semble qu'il y a plus de dix ans que ne ouis de vos nouvelles ; mais quelque chose qu'il vous advienne, mais que soyez en bon point je prendrai en gré le demeurant, espérant toujours que Dieu nous aidera. Monsgr, je ne vous sauroie dire ni écrire la moitié du grand désir que j'ai de vous voir si possible étoit, mais je vois bien que ce ne se peut faire pour le présent, dont me déplait. Monsgr, tout votre ménage de céans est en bon point, et mêmement votre fille qui, la merci de Dieu, est devenue femme de façon depuis que vous en êtes allé : car elle couche en grand lit et me servira de mari jusques à votre retour, lequel je prie Dieu qui soit de brief, ainsi que je le désire. Blanche-Lame a fait venir Pierre par deçà, qui m'a fort désennuyée, et luy ay baillé votre épée ; lequel vous dira si aucune chose j'ai oublié à vous écrire. Et autre chose, Monsgr, ne vous sais que écrire, fors que je prie le benoit fils de Dieu qu'il vous donne tout ce que votre cœur désire.

Ecrit à Taillebourg, le 24e jour de juillet.

---

13. — *8 mars 1462.*

Monsgr, je me recommande à votre bonne grâce le plus humblement que faire le puis. Dieu merci, et Hanebont, j'ai su de vos bonnes nouvelles dont j'ai été bien joyeuse ; et si vous eussiez été bien gracieux, par luy et par Taillebourg, m'en eussiez écrit et m'eussiez envoyé ma mule pour faire mes voyages, que je vous ai prêtée à votre grant besoin. Mais au fait ce n'est pas la première faute que vous m'avez faite, car l'année passée vous me deviez envoyer une robe verte et n'en fites rien ; et pour ce, Monsgr, en recompensant tout, je vous prie que de bonne heure m'en achetiez une, car il n'y a guère d'ici au mois de mai, et n'oubliez pas le demeurant de ce que vous enchargeai quand vous en alâtes. En priant Dieu, Monsgr, qu'il vous donne bonne vie et longue.

Ecrit à Taillebourg, le 8e jour de mars.

14. — *20 mars 1462.*

Monsgr, je me recommande toujours humblement à vous. Monsgr, depuis dimanche dernier que par Nicoles Carion je vous écrivis, n'est par deçà rien survenu de nouveau, fors que nos hosts (1) nous menaçoient qu'il leur devoit venir tant de gens que merveilles pour prendre le pont. Mais je crois qu'ils ne feront pas tout ce qu'ils disent : car pour cinq cens qui devoient venir ils ne sont venus que quelque quinze paysans mal à point, combien que quand les cinq cens seroient venus si ne les craignent [en] rien ceux [de] dessus le pont. Nous attendons toujours avoir nouvelles de devers le Roi et cependant endurons assez, ainsi que vous dira monsr le Clavaire, lequel m'a fait grand bien de sa venue, tant de son reconfort de bouche que des lettres qu'il m'a apportées de monsr le Cardinal, lesquelles je vous envoie. Et si vous voulez plus avoir de mes nouvelles, faites moi savoir des vôtres; en priant Dieu, Monsgr, qu'il vous donne bonne vie et longue.

Ecrit à Taillebourg, le 20e jour de mars.

---

15. — *25 mars 1462.*

Monsgr, je me recommande à votre bonne grâce tant et si très-humblement comme faire le puis. J'ai vu ce qu'il vous a plu m'écrire par Bertrand, et aussi ce que avez écrit par Eliot de Silly à Henri Vallée ; mais pour ce que par ce porteur saurez assez de notre gouvernement, et

(1) Ennemis ; du latin *hostis*.

pareillement par les lettres que Guillaume Houdry vous doit écrire, me départirai pour le présent, fors que, quelque adversité que Dieu me donne, je prends tout en patience et fais bonne chère : toutefois que huit jours en çà j'ai bien désiré d'être avec vous à Nantes, pour manger ma part de ces bonnes lamproies.

Monsgr, incontinent que nos hosts nous donnèrent le premier assaut, je vous écrivis par Nicoles. J'envoyai Carion devers Kerradenec, et toujours cuidoie avoir des nouvelles; toutefois il n'en est encore rien venu, néanmoins que tout le monde qui vient de devers le Roi dit que tout ira bien et que le Roi est toujours pour vous. Monsgr, je vous supplie que votre plaisir soit de me faire savoir souvent de vos bonnes nouvelles ; en priant Dieu qu'il vous donne bonne vie et longue.

Ecrit à Taillebourg, ce jour et fête de Notre-Dame de mars.

---

16. — *3 mars 1463.*

Monsgr, je me recommande à votre bonne grâce le plus humblement que faire le puis ; et vous plaise savoir que par Taillebourg j'ai su de vos bonnes nouvelles, dont j'ai été très-joyeuse car j'avoie grant peur que eussiez été malade en chemin. Monsgr, mais que vous vous embesognez aussi bien par delà pour mes besognes comme je fais par deçà pour vous faire vos entes, vous ne chomerez pas et devrai bien être contente, car je vous en fais faire bien largement. Tout votre ménage est, la merci Dieu, en bon point, et mêmement Catherine qui se recommande à votre bonne grâce. Monsgr, plaise vous me faire toujours savoir de vos bonnes nouvelles ; en priant Dieu qu'il vous donne tout ce que votre cœur désire.

Ecrit à Taillebourg, le 3e jour de mars.

17. — *21 août 1463.*

Monsgr, je me recommande à votre bonne grâce tant et si très-humblement comme faire le puis. Monsgr, je voudroie que, au plaisir Dieu, il fut possible à votre honneur et profit que eussiez été par deçà deux jours depuis que avons recouvré la tour, afin que eussiez vu comme je suis bonne ménagère : car je m'y suis exploitée de tout mon cœur et ai tant fait, avec l'aide [de] Maurice et de vos autres serviteurs, que de brief il y fera très-bel. Mais encore fût-elle mieux et moi logée dedans, si ne fût attendant toujours ouir de vos bonnes nouvelles, dont je vous supplie, Monsgr, qu'il vous plaise me faire savoir.

Monsgr, je vous envoie une procuration que mon frère monsr de Coëtivy a envoyée par deçà, laquelle, à ce que j'entends, ne servira rien par deçà sinon que vous même vous en puissiez aider ; et pour ce ai écrit à mondit frère qu'il m'en envoie une autre, et lui a-t-on envoyé la minute comme il faut qu'elle soit faite. Aussi vous envoie trois paires de lettres que l'on a écrites par deçà : les unes de Huguet Viau, les autres de mondit frère et les autres des maire et échevins de Saint-Jean [d'Angély]; par lesquelles vous verrez assez les matières, pourquoy, Monsgr, plus ne vous en écris. Et au regard de celles de Saint-Jean, l'on enverra demain des gens de votre conseil pour y besogner et le plus doucement que faire se pourra. Monsgr, autre chose ne sais que vous écrire, fors que je prie Notre Seigneur qu'il vous donne tout ce que votre cœur désire.

Ecrit à Taillebourg, le 21e jour d'août.

18. — *Dernier février 1464.*

Monsgr, je me recommande à votre bonne grâce tant et si très-humblement comme faire le puis. Et vous plaise savoir que le premier vendredi de carême il plut à Dieu me faire grâce et me délivrer d'un beau fils, environ huit heures de nuit, et lequel enfant est tant beau que merveilles. Mais, Monsgr, comme vous savez, il ne se faut pas émerveiller s'il est beau, car tout le monde dit qu'il vous ressemble très-fort, et pour ce autrement ne pourroit être ; et me semble que vous me devez beaucoup louer, vû que vous ai fait deux si beau fils l'un après l'autre. Si ce fût une fille, j'en dirois tout les maux du monde, vû la peine qu'il m'a donné, mais puisque c'est un fils j'aurois honte de m'en plaindre. Et seroit bien métier à votre fille que fussiez par deçà, car je n'en tiens plus de compte fors seulement en attendant votre venue, car je veux qu'elle soit à vous et cettui-ci est tout à moi ; et aussi le lui ai bien montré car encore, sinon en dormant, je ne l'ai point perdu de vue. Il a très-bonne nourrice, et aussi tiens avec elle la femme de Carion, qui lui fait tout ce qu'elle peut de très-bon courage.

Monsgr, je voudroie bien qu'il plût à Dieu que eussiez bien fait vos besognes et fussiez par deçà, car je vous certifie qu'il ne s'en faut guère qu'il ne m'ennuie que tant demeurez par delà. Monsgr, je vous supplie qu'il vous plaise me faire savoir de vos bonnes nouvelles ; et autre chose ne vous écris, fors que je prie Notre Seigneur qu'il vous donne tout ce que désirez.

Ecrit à Taillebourg, le derrain jour de février.

19. — *22 mars 1464.*

Monsgr, je me recommande à votre bonne grâce tant et si humblement comme faire le puis. Monsgr, j'ai été bien joyeuse d'avoir trouvé message qui allât par devers vous, [tant] pour vous faire assavoir de mes nouvelles que pour ce que je désire toujours savoir des vôtres. Il me semble que ainsi faites vous de moi, car je vous certifie, Monsgr, que jamais je ne serai à mon aise tant que je sache comment vous vous portez. Monsgr, si j'étois de ici à demain cette heure à vous écrire, si ne vous sauroie dire la moitié du grant désir que j'ai de vous voir ; et si n'étoit la grande espérance que j'ai que en brief serez de par deçà, je serois laplus courroucée que jamais fût femme. Je vous certifie, Monsgr, qu'il me fût besoin ne vous aimer pas tant fort que je fais, car dès que je vous ai perdu de vue de tous les biens du monde je ne donne rien. Monsgr, je vous supplie que le plus tôt que faire se pourra, pour mettre mon cœur plus à mon aise, que me fassiez assavoir de vos bonnes nouvelles.

Tous les enfans et toute la maison, la merci Dieu, s'est bien portée jusques ici. Depuis que nous sommes ici n'a eu nul mal, Dieu merci, en cette ville ; quant autrement seroit, nous ne serions pas paresseux de déloger. Au regard de Saint-Jean, il y a un très mauvais air et aussi ici à l'entour, comme à Annepont et ailleurs, ainsi que m'a dit Maurice ; toutefois, Monsgr, je ne souffre point que le moins que je puis que personne qui vienne de dehors vienne entour nous. Samedi dernier vint Julienne en cette ville, laquelle, ainsi qu'elle dit, fût la plus joyeuse du monde dont je l'avoie envoyé querir. Autre chose, Monsgr, pour le présent ne vous écris, sinon que je prie le benoit fils de Dieu qu'il vous donne tout ce que votre cœur désire.

Ecrit à Taillebourg, ce jeudi 22e jour de mars.

20. — *15 avril 1465.*

Mons^gr^, je me recommande à votre bonne grâce tant et si humblement que faire le puis. J'ai reçu une lettre du s^r^ de Maumusson par un serviteur de mons^r^ le Maréchal, par laquelle j'ai su de vos nouvelles bien au long, desquelles, je vous certifie, je suis si joyeuse que plus ne pourroie et lui sais très-bon gré dont il m'a fait assavoir. Il m'a écrit beaucoup de choses ; Dieu veuille, par sa grâce, que tout aille bien afin que vous et moi en brief nous puissions entrevoir. Mons^gr^, il m'a écrit que vous faites du bon mari et que désirez fort assavoir comment tout se porte par deçà, et je vous connois si gracieux que je sais bien que ainsi est; et pour ce, Mons^gr^, je vous envoie René, par lequel vous pourrez savoir toutes nouvelles de par deçà. Mons^gr^, je vous avoie écrit par Mery de la Tour environ la mi-carême ; je ne sais si vous avez eu les lettres ou non.

Mons^gr^, au regard de cette ville, depuis que nous y sommes il n'y a nul mal ni nulle part ci environ, fors [que] à Saint-Jean-d'Angély a toujours quelque chose. Mes enfans et tout l'hotel de céans est en bon point, la merci Dieu, en espécial Marguerite qui a toujours bon bec ; mais il [s'en] faut beaucoup qu'elle n'a si bon comme quant vous y êtes, car vous lui aidez fort à être mauvaise, et elle est si mauvaise garce qu'elle connoit bien que vous [y] prenez plus de plaisir que je ne fais. Mons^gr^, je vous supplie que sitôt que René soit par devers vous que soit votre plaisir de lui me envoyer, ou un autre, afin que je puisse savoir de vos nouvelles en attendant qu'il plaira à Dieu que je vous voie, laquelle chose je prie Notre Seigneur que [ce] soit sitôt comme mon cœur le désire. En priant à Dieu, Mons^gr^, qu'il vous donne bonne vie et longue et tout ce que votre cœur désire.

Ecrit à Taillebourg, le lundi lendemain de Pâques, 15e jour d'avril.

2

21. — *3 juin 1465.*

Monsgr, je me recommande à votre bonne grâce tant et si humblement que faire le puis. Monsgr, pour ce que je sais bien que vous désirez fort à vous faire honnête entre gens de bien, je vous veux aider et vous envoie un cordon de mon ouvrage ; et s'il vous plait vous le prendrez en gré et me pardonnerez si je ne l'ai fait garnir, car les orfèvres de Saint-Jean sont morts et ainsi je n'ai osé aventurer à envoyer homme à nulle ville de par deçà pour le mauvais air qui est si fort. Monsgr, les enfans et tout le ménage de céans [se] sont très-bien portés, la merci Dieu, jusques ici. En cette ville, ainsi que l'on m'a dit, n'a nul mal, Dieu merci. Plaise à Dieu de toujours ainsi maintenir; en priant à Dieu, Monsgr, qu'il vous donne bonne vie et longue.

Ecrit à Taillebourg, le 3e jour de juin.

---

22. — *23 novembre 1465.*

Monsgr, je me recommande à votre bonne grâce tant et si très-humblement comme faire le puis. Monsgr, je ne cuidoie pas que vous fussiez si maugracieux que vous êtes d'avoir envoyé par deçà deux de vos gens sans rien m'avoir écrit ni fait assavoir de vos nouvelles ; et crois que vous avez peur de me mettre trop à mon aise. Mais au fait il ne m'en chaut, car si vous faites bien vos manières de par delà, quand vous serez par deçà je ferai les miennes ; et si vous ne m'envoyez un bonnet de velours cramoisi le plus bel de la cour et le mieux fait, encore serai-je moins contente de vous que je ne suis. Monsgr, Catherine et tout le demeurant du ménage est en bon point, la merci Dieu. Monsgr, maitre Jean Desnops se répute votre serviteur, et fut l'autre jour chez Mérichon où il vit une lettre; et pour ce que elle vous touche au fait de Rochefort, il bailla au curé de céans un mémoire pour vous apporter, lequel je vous envoie. Et Monsgr, autre chose ne vous écris, fors que je prie à Dieu qu'il vous donne bonne vie et longue.

Ecrit à Taillebourg, le 23e jour de novembre.

---

23. — *2 avril 1466.*

Monsgr, je me recommande à votre bonne grâce tant et si très-humblement comme faire le puis. Monsgr, depuis que monsr le commissaire m'a logée en cette tour, je suis devenue si fière que merveilles et tant que à peine je vous ai voulu écrire; toutefois après que il m'est souvenu des bagues que avez envoyé à ma fille, en récompense je me suis délibérée de vous envoyer ce porteur pour vous faire assavoir de mes nouvelles. Et vous plaise savoir que hier, après ce que les gens de guerre qui étoient céans eurent des nouvelles de monsr du Maine, ils s'en allèrent tous et ne laissèrent céans que Lespinace, le lieutenant et le receveur; et à ce matin monsr le commissaire est venu, qui m'a tout rendu et a esté bien obéi. Par ce dit porteur je vous envoie 200 écus, ainsi que avez écrit à Kerradenec, et baillerai autres 100 écus audit commissaire, ainsi que l'on m'a conseillé que je fasse; et pour ce, Monsgr, quand il sera par delà, s'il vous semble qu'il n'ait pas bien été content, vous le pourrez adouber. Et aussi ai baillé à son sergent et à ses deux clercs 20 écus.

Monsgr, au département que Lespinace a fait de céans, il m'a dit de son intention bien au long, qui est qu'il voudroit, si c'étoit votre plaisir, être marié avec Julienne; et à ce que j'ai pu connoitre, s'il en a bon vouloir elle l'a autant, et crois que ce qui plus le duit à ce, que c'est pour cuider avancer un sien frère en l'église. Il ne nous a fait que le moins de mal qu'il a pu; il ira devers vous et pour ce vous adviserez à tout. Monsgr, pour ce que Kerradenec, Guillaume Houdry et vos autres serviteurs vous écrivent bien au long, autre chose ne vous écris, fors que je prie Notre Seigneur qu'il vous donne tout ce que votre cœur désire.

Ecrit à Taillebourg, en votre tour, le second jour d'avril.

---

24. — *11 août 1466.*

Monsgr, je me recommande à votre bonne grâce tant et si humblement que faire le puis. Monsgr, ainsi que vous m'aviez fait assavoir par Gilles Ayssé, j'ai envoyé Olivier Chast devers mes enfans à Ferrières, et envoyé les lettres à monsr de Carcassonne que vous m'aviez laissé pour lui envoyer; lequel Chast m'a apporté des lettres de mondit sr de Carcassonne par lesquelles j'ai sû que les enfans sont sains et en bon point; et aussi lui-même m'a dit que [ils] sont en bon point et sont bien entretenus; lesquelles lettres je vous envoie, avec les copies des lettres que le Roi écrit à monsr le cardinal d'Avignon et à notre Saint-Père le Pape en faveur de lui.

Monsgr, tout le ménage de par deçà est en bon point, la merci Dieu, ainsi que pourrez savoir par le porteur de cettes. Monsgr, je vous prie que incontinent qu'il soit de par delà, que lui me envoyez, ou un autre, afin que je sache de vos nouvelles, car je ne serai jamais à mon aise jusques à tant que je sache comme vous vous portez. Monsgr, huit jours emprès que vous partites d'ici, monsr D'Ussel s'en est allé devers le Roi et fut ici prendre congé de moi quand il s'en partit; lequel m'a dit qu'il seroit ici à la Notre-Dame de mi-août, et m'a fait toujours tout le plaisir qu'il a pu et envoyé de ses biens. Monsgr, autre chose ne vous écris pour le présent, sinon que je prie Notre Seigneur qu'il vous donne bonne vie et longue.

Ecrit à la ville, le lundi 11e jour d'août.

Monsgr, après ces lettres écrites est venu ici Regnaud Acarie. Toutefois il n'a point parlé avec moi pour le mauvais air; mais il a dit à Christophe que madame la Maréchale se recommandoit à moi et que de brief elle seroit ma voisine ci-près, à Montignac.

---

25. — *16 novembre 1466.*

Monsgr, je me recommande à votre bonne grâce tant et si très-humblement comme faire le puis; et vous plaise savoir que tout votre ménage se porte bien, la merci Dieu, et mêmement Charles et ses sœurs. Monsgr, Baillet est venu de Rome, qui m'a dit tant de nouvelles de monsr le Cardinal que merveilles, et aussi m'a apporté des lettres de lui lesquelles je vous envoie, avec une autre que son vicaire en Avignon pareillement m'a écrite. Monsgr, je vous prie que ne mettiez pas ainsi en oubli ma chaine comme vous avez fait ma robe que me deviez envoyer; ainsi aperçois-je bien qu'il ne vous chaut guère de moi quand vous êtes hors de céans. Monsgr, je vous eusse plus tôt envoyé Saumur si [ce] n'eut été le bailli qui l'a retenu. Monsgr, autre chose ne vous écris, fors que je prie à Dieu qu'il vous donne bonne vie et longue.

Ecrit à Taillebourg, ce dimanche au soir 16e de novembre.

26. — *7 juillet 1468.*

Monsgr, je me recommande à votre bonne grâce tant humblement comme je puis. Par Kerradenec j'ai su de vos nouvelles, de la venue duquel j'ai été bien joyeuse, et m'a fort aidé à me garir. J'avoie volonté de aller en voyaige à Saint-Eutrope, mais il m'a dit que vous m'y devez mener vous-même ; et pour ce, s'il ne m'empire, je suis délibérée de vous attendre, et me tarde que ne soyez venu afin de vous donner de la peine à moi mener à mes voyaiges où je me suis vouée. Monsgr, tout votre petit ménage est en bon point, et entre ci et vous n'a pas une plus sage fille que est Catherine et une plus belle que Marguerite ; quant est de mon fils, ne faut [en] parler, car il passe tous les autres. Monsgr, du demeurant par Bertrand en saurez assez, lequel vous pourra dire du mariage de Anthoïne. Monsgr, je prie à Dieu qu'il vous donne tout ce que votre cœur désire.

Ecrit à Taillebourg, le 7e jour de juillet.

---

27. — *14 janvier 1469.*

Monsgr, je me recommande à votre bonne grâce tant et si très-humblement comme je puis. Et vous plaise savoir que mon hôte messire Pierre Daicon, porteur de cettes, est venu devers moi, lequel m'a dit qu'il vouloit aller à Tours pour certaines affaires de l'église de Notre-Dame de Cougnes de la Rochelle, dont il est chanoine; et m'a prié qu'il me plût vous en écrire que l'eussiez pour recommandé envers mons[r] le Cardinal, touchant certaine prébenbe que messire Falco a et tient en l'église de Saint-Pierre de Saintes et dont autrefois écrivis à mondit s[r] le Cardinal et dont aussi parlai au clavayre d'Avignon. Si vous prie, Monsg[r], que il vous plaise lui être aidant à lui faire avoir ladite prébende, si possible est, car, comme vous savez, nous lui sommes fort atenus et principalement moi. Monsg[r], je prie à Dieu qu'il vous donne bonne vie et longue, et brief revenir de par deçà.

Ecrit à Taillebourg, cettui samedi après dîner, 14e jour de janvier.

Aujourd'hui avons mis Julienne en son ménage, comme dire vous pourra ledit porteur qui y étoit.

---

28. — *24 juillet 1470.*

Monsg[r], je me recommande à votre bonne grâce tant et si très-humblement comme faire le puis, très-désirante de savoir de vos bonnes nouvelles desquelles depuis votre département aucune chose sûre n'ouis ; et quand il vous plaira vous m'en ferez savoir, car c'est la chose du monde que plus je désire. Monsg[r], depuis votredit département est venu Me Robert de Meson, qui vous apportoit lettres de mons[r] le Cardinal que je vous envoie, et lesquelles incontinent, doutant que elles fussent hâtives, je ouvris, et aussi afin que je visse si elles étoient pour envoyer incontinent. Et pour ce que il me sembloit qu'elles n'étoient pas hâtives, et vû mêmement que je ne trouvoie homme qui allât par devers vous et que encore par deçà ne sait-on certainement où vous êtes, les ay gardées jusques à présent que Taillebourg, porteur de cettes, est pareillement venu, par lequel saurez tout. Et vous avoit apporté des lettres, mais pour ce que il ne vouloit point aller devers vous, ains s'en vouloit retourner à Rome, doutant que pareillement elles fussent hâtives je les ai ouvertes.

Et après ce, pour ce que je n'avoie homme par deçà par qui les vous pusse envoyer et que j'ai su que ledit Taillebourg n'avoit pas grant hâte de s'en retourner à Rome, j'ai tant fait envers lui qu'il les vous porte, avec les lettres qu'il a plu à mons[r] le Cardinal me récrire, par lesquelles semble qu'il a grant peine que je ne porte plus nuls enfans. Mais, Mons[gr], si d'aventure vous lui écrivez, vous lui pouvez sûrement écrire que j'ai espérance, au plaisir de Dieu, qu'il n'en doit point avoir de peine ; car depuis votredit département le ventre m'est fort crû, et crois que c'est un fils car je ne puis dormir avec lui. Toutefois, Mons[gr], je suis saine et en bon point et ne me soucie sinon de savoir comment vous vous portez ; vous priant, Mons[gr], que le plus tôt qu'il vous plaira vous m'en écriviez bien au long, avec vos bons plaisirs et commandements pour les accomplir, au plaisir de Notre Seigneur, qui par sa grâce vous donne bonne vie et longue.

Ecrit à Taillebourg, le 24e jour de juillet.

Mons[gr], je vous envoie je ne sais quelles autres lettres et mémoires que un serviteur de mons[r] le Cardinal, lequel est venu avec Taillebourg, m'a apportées.

---

29. — *25 décembre 1470.*

Mons[gr], je me recommande à votre bonne grâce tant et si très-humblement comme faire le puis. Et vous plaise savoir que par Taillebourg, porteur de cettes, mons[r] le Cardinal m'a écrit une lettre laquelle, pour ce que ledit

Taillebourg m'a dit que plus ne reviendra par deçà qu'il n'aille à Rome, afin que en faites telle response qu'il vous plaira, je vous envoie. Et pareillement vous envoie une autre lettre que Preucelen vous a écrite, laquelle j'ai ouverte ; et ce m'émût de la vous envoyer pour ce que elle touche mondit s[r] le Cardinal. Monsg[r], il m'ennuie déjà beaucoup que tant demeurez par delà, et ai grand peur que ne soyez à faire chauffer mon bain, car mon ventre croit tant que c'est merveille, et crois qu'il n'y en aura jà moins que l'autre fois, ou deux. Monsg[r], en attendant votre venue vous supplie qu'il vous plaise toujours me faire assavoir de vos bonnes nouvelles, car je ne serai aise jusques à ce que j'en aie oui. Et autre chose, Monsg[r], ne vous écris pour le présent, au plaisir Dieu, qui vous donne bonne vie et longue.

Ecrit à Taillebourg, le jour de Noël.

---

30. — *22 janvier 1471.*

Monsg[r], je me recommande à votre bonne grâce tant et si très-humblement comme faire le puis ; et vous plaise savoir que, par Petit Jean, j'ai reçu les lettres qu'il vous a plu m'écrire, dont j'ai été très-joyeuse et vous en mercie tant comme je puis, car aussi trop m'ennuyoit que n'ouie de vos nouvelles. Au regard, Monsg[r], de ce qu'il vous a plu m'écrire que [je] ne gâte pas toute l'aive de la rivière sans vous, j'ai grand peur que n'y soyez trop paresseux à vous en venir, car je cloche tant que je ne sais de quel côté je vais mieux ; et m'est force depuis deux jours en çà de garder du tout la maison, car j'ai un tas de valets avec moi qui ne me veulent laisser aller dehors.

Mons^gr a peu [tient] que je ne me plains de vous et que je ne dis qu'êtes maugracieux mari de ce que, en passant par Paris, ne m'avez fait finance d'un beau chrémeau, car néanmoins que j'en aie fait provision j'ai peur d'en avoir à besogner d'un autre, vû le ventre que j'ai; car je vous certifie qu'il me semble qu'il est plus grant qu'il n'étoit l'autre voyage. Mons^gr, je vous supplie humblement que votre plaisir soit souvent me faire savoir de vos nouvelles, car c'est la chose du monde que plus je désire. Mons^gr, autre chose ne vous écris, fors que je prie Notre Seigneur qu'il vous donne tout ce que votre cœur désire.

Ecrit à Taillebourg, le 22e jour de janvier.

---

30 bis — *A Monseigneur.*

Monseigneur, je me recommande à vostre bonne grâce tant et si très humblemenl comme faire le puis ; et vous plaise savoir que par Petit Jehan j'ay receu les lettres qu'il vous a pleu m'escripre, dont j'ay esté très joieuse et vous en mercie tant comme je puis, car aussi trop m'ennuyoit que n'ouye de voz nouvelles. Au regart, Mons^gr, de ce qu'il vous a pleu m'escripre que ne gaste pas toute l'eaive de la rivière sans vous, j'ay grant peur que n'y soiez trop paresseux à vous en venir, car je cloche tant que je ne sçay de quel costé je voys mieulx ; et m'est force depuis deux jours en çà de garder du tout la méson, car j'ay ung taz de vallez avecques moy qui ne me veullent laisser aler dehors.

Mons^gr, a poy que je ne me plains de vous et que je ne dy qu'estes maugracieux mary de ce que, en passant par Paris, ne m'avez fait finance d'ung beau cresmeau, car néantmoins que j'en aye fait provision j'ay peur d'en avoir à besongner d'un autre, veu le ventre que j'ay ; car je vous certiffie qu'il me semble qu'il est plus grant qu'il n'estoit l'autre voiage. Mons^gr, je vous supply humblement que vostre plésir soit souvent me faire savoir de voz nouvelles, car c'est la chose du monde que plus je désire. Mons^gr, autre chose ne vous escripz, fors que je prie Nostre Seigneur qu'il vous doint tout ce que vostre cuer désire.

Escript à Taillebourg, le XXIIe jour de janvier.

La toute voustre,

MARIE DE VALOIX.

---

31. — *13 mai 1471.*

Mons^gr, je me recommande à votre bonne grâce tant et si humblement que faire le puis. Aujourd'hui j'ai reçu une lettre qu'il vous a plu m'écrire par un des gens de Gilles Ayssé. J'ai été bien joyeuse d'avoir su de vos nouvelles. Puisque ainsi [est] que ne vous puis voir, néanmoins quelque reconfort me donnez ; et vous certifie, Mons^gr, que je ne cuidoie pas que votre voyage eut été si long, ayant doute que ce soient des voyages que avez fait autre part, mais au retourner ne demeurez toujours que dix ou douze jours. Vous m'avez envoyé Thibaut lequel m'avoit fait fort joyeuse, car à ce qu'il me dit deviez être ici dedans huit ou neuf jours après lui ; mais aujourd'hui par vos lettres, et aussi par celles de Gilles, ai bien vu le contraire, dont il me déplait. Je voudroie qu'il plût à Dieu que [je] ne vous aimasse pas si fort que je fais, ni que je n'eusse mis mon cœur si fort en vous que j'ai.

Pour ce que je sais bien qu'il n'y a point de belles bagues à Paris, par Thibaut vous envoie de celles de ce pays ci. Je lui ai baillé cinq diamans pointus et quatre perles, afin de vous faire bien honnête en cette bonne ville de Paris. Au regard des nouvelles de par deçà, et des enfans et de tout le demeurant, je crois que Thibaut vous en dira assez et pour ce ne vous en écris rien. Mons^gr, s'il vous plait me ferez toujours assavoir de vos bonnes nouvelles ; en priant à Dieu qu'il vous donne bonne vie et longue et tout ce que votre cœur désire, et le mien aussi.

Ecrit à Taillebourg, ce lundi 13e jour de mai.

---

32. — *5 juillet 1471.*

Mons^gr, je me recommande à votre bonne grâce le plus très-humblement que faire le puis. Et vous plaise savoir, Mons^gr, que depuis votre département de par deçà il n'est rien survenu de nouveau que ne sachiez bien, et est tout votre ménage en bon point, la merci Dieu. J'ai fait de la bonne ménagère et, comme vous avez ordonné, ai fait tendre vos chambres ; et voudroie bien que fussiez ici pour en dire votre avis et si j'ai bien fait la besongne ou non.

Mons^gr, à votre département j'ai oublié de vous dire, et vous en prier, que votre plaisir fût de m'envoyer des Heures pour mes petits enfans qui sont à l'école. S'il vous plait vous m'en enverrez, avec aussi de la toile de Tours, de soie, et des bonnets pour atourner. Mons^gr, je me recommande très-humblement à la bonne grâce de mons^r le Cardinal. Si votre plaisir est, vous prendrez la peine de le lui dire, et une autre fois je ferai autant pour vous. En vous priant que votre plaisir soit me faire savoir de vos bonnes nouvelles, Mons^gr, je prie à Dieu qu'il vous donne tout ce que votre cœur désire.

Ecrit à Taillebourg, le 5e jour de juillet.

33 — *23 novembre 1471.*

Monsgr, je me recommande à votre bonne grâce tant et si humblement que faire le puis. Je suis bien joyeuse d'avoir su à ce matin de vos nouvelles, et aussi que m'avez fait assavoir des nouvelles de mes enfans, car toujours doutoie qu'ils n'aient aucun mal pour ce que l'air de par delà n'est pas trop bon. Au regard de les faire remuer de là où ils sont, vous en ferez ce qu'il vous plaira, mais celui avec qui ils sont les a fort chers et traite toujours gracieusement; et auroie peur, pour ce que Marguerite est mauvaise garce, qu'elle ne feroit ennui à la compagnie là où elle iroit, car j'ai vu autres fois que l'on ne tenoit guère compte des petits enfans. Plût à Dieu, Monsgr, qu'ils fussent bien partout et qu'ils fussent à ma compagnie. Monsgr, quand il vous plaira me ferez assavoir des nouvelles de par delà et de la bonne chère quy faites ; en priant à Dieu qu'il vous donne bonne vie et longue.

Ecrit à Sainte-Même, ce samedi 23e jour de novembre.

---

34. — *Vers 1472.*

Monsgr, je me recommande à votre bonne grâce tant comme je puis. Je ne vous envoie pour cette heure que Gillete et Marguerite et retiens les deux autres, car je doute que n'ayez loisir de faire le logis des autres, doutant que soyez empêché pour ce que Gilles est allé devers vous. Monsgr, je vous recommande bien fort mes deux filles, et en espécial Marguerite qui est malade, car je doute que ses fièvres lui durent longuement. Si partez de là, recommandez la bien fort à Maurice. Monsgr, des deux autres quant il vous plaira vous me manderez ce que vous voudrez qu'il en soit fait; et de ceux que je vous envoie, je vous prie que me mandiez demain de vos nouvelles et des leurs, en priant Notre Seigneur qu'il vous donne bonne vie et longue.

Ecrit à Rochefort, cettui samedi emprès diner.

APPENDICE

A. — LETTRES-PATENTES DE CHARLES VII QUI, AVOUANT MARIE POUR SA FILLE NATURELLE, LUI DONNE UN SURNOM ET DES ARMES.

Charles par la grâce de Dieu roi de France.

Savoir faisons à tous présens et à venir que comme jà piéçà, par notre ordonnance et commandement, notre chère et amée fille naturelle MARIE, dès son enfance et jeune âge, ait été amenée au château de Taillebourg, en notre pays de Saintonge, et illec nourrie et alimentée jusques à présent, qu'elle est en âge de marier, sans ce que encore lui ayons donné ni ordonné surnom ou titre honorable, comme il appartient pour démontrer véritablement que nous la tenons et avouons pour notre fille naturelle; Nous, désirant qu'elle soit honorablement colloquée et pourvue par mariage, et elle et les siens a toujours jouir des honneurs, prérogatives et prééminences qu'il appartient, icelle MARIE avons, de notre certaine science et propre mouvement, avouée et avouons notre fille naturelle. Et en signe de ce, afin qu'elle ait nom et titre honorable, avons voulu et octroyé, et par ces présentes voulons et octroyons et nous plait, qu'elle porte le surnom DE VALOIS; aussi qu'elle et ses successeurs puissent porter nos armes, à la différence de la bande telle que enfans naturels doivent et ont accoutumé de porter. Et afin que ce soit chose ferme et stable à toujours, nous avons fait mettre notre scel à ces présentes.

Donné à Vendôme, au mois de novembre, l'an de grâce 1458 et de notre règne le 37e.

Ainsi signé : Par le Roi, maitres Jean Bureau et Pierre Doriole présens,

J. DE LA LOERE.

B. — A NOTRE CHÈRE ET AMÉE FILLE MARIE DE VALOIS.

Chère et amée fille, pour la grande amour et bonne affection que nous avons à notre amé et féal conseiller et chambellan le sire de Coectivy et de Taillebourg, sénéchal de Guyenne, et confiant que serez bien colloquée et pourvue avec lui, nous avons consenti et accordé le mariage d'entre vous et lui ; et en faveur d'icelui vous avons donné 12,000 écus pour une fois et tous les droits que avons sur les places, châteaux, châtellenies, terres et seigneuries de Royan et de Mornac, en la manière qu'il est plus à plein contenu en nos lettres-patentes que avons sur ce octroyées (1).

Et pour ce que nous désirons que la chose soit parfaite et accomplie le plus tôt que bonnement faire se pourra, nous envoyons présentement par delà notre amé et féal conseiller et maitre de nos comptes Me Pierre Doriolle, général de nos finances, porteur de cettes, pour vous conseiller en cette matière. Si voulons et vous mandons que vous entendiez audit mariage et accomplissement et perfection

(1) Le 28 octobre précédent. Elles ont été imprimées dans la Bibliothèque de l'Ecole des Chartes, 3e série, vol. 1, p. 481.

d'icelui bien et convenablement et tout ainsi que par notredit conseiller vous sera dit et conseillé, en ajoutant pleine foi et créance à tout ce qu'il vous dira sur ce de par nous.

Donné à Vendôme, le 3e jour de novembre [1458].

Ainsi signé : CHARLES.

C. — A NOTRE AMÉ ET FÉAL CHEVALIER, CONSEILLER ET CHAMBELLAN LE SIRE DE COECTIVY, SÉNÉCHAL DE GUYENNE.

Notre amé et féal, comme autrefois vous avons écrit, nous avons été content, et sommes, que le mariage pourparlé d'entre vous et notre chère et amée fille Marie de Valois soit parfait et accompli en la forme et sous les promesses qui ont été sur ce avisées et dont vous avons fait avertir. Et pour ce que nous désirons que la chose soit accomplie le plus tôt que bonnement faire se pourra, nous envoyons présentement par de là notre amé et féal conseiller et maitre de nos comptes Me Pierre Doriolle, général de nos finances, et lui avons donné pouvoir de besogner avec vous sur ladite matière et de conseiller notredite fille en ce qu'il verra être convenable; et aussi lui avons fait bailler les lettres-patentes du don par nous fait en faveur dudit mariage du droit et action que avons ès terres, places et seigneuries de Royan et de Mornac et de la somme de 12,000 écus, et toutes autres lettres qu'il a semblé être nécessaire pour la sureté de vous et de notredite fille, pour icelles vous bailler incontinent ledit mariage consommé et accompli. Si veuillez croire notredit conseiller de ce qu'il vous dira de par nous; et au surplus vous aurons toujours en bonne et spéciale recommandation.

Donné à Vendôme le 3e jour de novembre.

Ainsi signé : CHARLES.

D. — PARTIES ENVOYÉES DE PAR LE ROI A MADAME DE TAILLEBOURG, SÉNÉCHALE DE GUYENNE (1).

11 aunes de velours cramoisi tiers poil, à 9 écus l'aune, valent 99 écus.

11 aunes de velours noir tiers poil, à 4 écus 1/2 l'aune, valent 49 éc. 1/2.

5 aunes de velours violet en graine, à 5 écus l'aune, val. 25 éc.

5 aunes de velours noir tiers poil, à 4 écus 1/2 l'aune, val. 22 éc. 1/2.

2 aunes de velours cramoisi tiers poil, à 9 écus l'aune, val. 18 éc.

9 aunes damas gris, à 4 livres 10 sols tournois l'aune, val. 40 l. 10 s. t.

9 aunes damas noir, à 4 l. 10 s. t. l'aune, val. 40 l. 10 s. t.

9 aunes damas violet, à 4 l. 10 s. t. l'aune, val. 40 l. 10 s. t.

11 aunes de damas noir, 33 réaux.

4 aunes de velours noir, 16 réaux.

1 timbre de martres zibelines, qui valent 150 éc.

(1) Ces objets « par le Roi donnés à Mademoiselle Marie de Valois » furent livrés, le 10 novembre 1458, par Jean de Beaulne, marchand à Tours, à Olivier de Coëtivy. Ils sont portés en ces termes au compte de l'Argenterie extraordinaire de Charles VII :

« A Madame Marie de Valoys, femme du sénéchal de Guyenne, que « le Roi notredit seigneur lui avoit donné..... pour avoir robes et « habillement à son plaisir, le jour et fête de ses noces,... la somme « de 1,650 livres tournois, pour 1,200 écus ».

1 millier de létices, à 5 écus le cent, 50 éc.

300 hermines, à 16 écus le cent, val. 48 éc.

1 millier de menu-vair en chaperon, val. 16 éc.

3 aunes de doublure à demi écu l'aune, val. 1 éc. 1/2.

1 pièce de toile de soie étroite, contenant 3 aunes, et 3 autres toile large ; le tout val. 6 éc.

5 aunes, 3 gros soie mi-torse rouge, blanche et noire, à 8 écus la livre, val. 2 éc., 18 sols, 9 deniers.

2 grosses canettes or de Florence, à 18 écus la livre, val. 3 éc.

3 grands manteaux et demi de martres de côte, 80 éc.

Demi timbre de martres, 80 éc.

200 d'hermines, 28 éc.

Gris en botte et en manteau, 80 éc.

1 ferrure d'or, 62 éc.

1 collier d'or, 112 éc.

Pour certain drap pour envelopper lesdites choses, 1 écu.

E. — TRADUCTION D'UNE BULLE ORIGINALE DU PAPE PAUL II, CONFÉRANT A MONSIEUR ET A MADAME DE TAILLEBOURG LE DROIT D'AVOIR CHACUN UN AUTEL PORTATIF.

Paul, évêque, serviteur des serviteurs de Dieu à son cher fils noble homme Olivier de Coectivi, seigneur de Taillebourg, et à sa chère fille en Christ noble dame Marie de Valois, son épouse, salut et bénédiction apostolique.

Le sentiment de dévotion sincère que vous avez pour nous et pour la cour romaine mérite certainement de notre part un favorable accueil à vos demandes, autant que Dieu le permet, surtout quand nous les voyons résulter d'une piété fervente. C'est pourquoi nous, inclinant à vos religieuses supplications, par la teneur de ces présentes nous accordons à votre dévotion qu'il vous soit permis, et à chacun de vous, d'avoir un autel (1) qu'on transportera avec la révérence et le respect exigés et sur lequel, en des lieux convenables et honnêtes, vous puissiez, par votre chapelain ou tout autre prêtre capable, faire célébrer la messe et autres divins offices, sans préjudice du droit d'autrui, en votre présence et en celle de vos familliers et domestiques.

Qu'il ne soit donc absolument permis à nul homme d'enfreindre le privilège ainsi concédé par nous, ou de s'y opposer par une audacieuse témérité ; et si quelqu'un ose le tenter, il encourra, qu'il le sache bien, l'indignation du Tout Puissant et des bienheureux Pierre et Paul, ses apôtres.

Donné à Rome, à Saint-Marc, l'an de l'Incarnation du Seigneur 1467, le 3 des nones de juin (2), la troisième année de notre pontificat.

(1) Ce privilège, avec celui de choisir son confesseur et de se libérer par de bonnes œuvres d'un vœu de pèlerinage outremer, avait déjà été accordé à *Mademoyselle Marie,* le 12 mai 1456, par Alain de Coëtivy, cardinal du titre de Sainte-Praxède, surnommé le cardinal d'Avignon, en qualité de légat du Saint-Siège.

Vers 1487, en dictant des instructions sur la manière dont les gens de son Conseil doivent répondre à un mémoire du vicomte d'Aunay (Eustache de Montberon), Charles de Coëtivy, fils d'Olivier et de Marie de Valois, insiste notamment pour qu'on y fasse valoir : « *comme il est cousin-germain du Roi, et* sic *parent de tous les princes du Royaume ; et sa mère avouée par le feu roi Charles, par charte authentique ; la bonne vie dont elle étoit et comme elle faisoit miracles* ».

(2) Le 3 du même mois.

F. — EXTRAIT DU PROCÈS-VERBAL DE LA SAISIE DE TAILLEBOURG FAITE PAR JEAN YSORÉ, CONSEILLER ET CHAMBELLAN DU ROI, EN VERTU DE LETTRES-PATENTES DATÉES DE PARIS, LE 31 OCTOBRE 1465 (1).

« Et le lendemain, 28e jour dudit mois [novembre], nous transportâmes en la place et chatel de Taillebourg, auquel lieu nous trouvâmes les portes ouvertes, et devant la tour et donjon du chatel trouvâmes en personne ledit de Coyctivy et Madame Marie de France, sa femme, auxquels... nous dimes et notifiames derechef que, par le traité de la paix naguères fait, et par accords et articles contenus en icelui, entre autres choses avoit été promis et accordé que la baronnie, chatel, terre et seigneurie de Taillebourg, avec ses appartenances et dépendances quelconques, seroit baillée et délivrée ès mains du Roi notre sire pour icelle bailler et délivrer à monsgr le comte du Maine... Et après lecture de nos lettres de commission, qui fut faite audit de Coyctivy, et à sa requête, lui dimes et à ladite dame sa femme, que nous prenions et mettions réaument et de fait ladite place, terre et seigneurie en la main dudit seigneur, en leur faisant commandement exprès, et à chacun d'eux, de par le Roi notre dit sire et à la peine de 1,000 mars d'or audit seigneur à appliquer, de vider la place et faire ouverture du donjon... Et lors ledit de Coyctivy et madite dame firent faire réponse par me Pierre Loubat, licencié ès lois, que aux commandements et saisines ainsi par nous faits... lui et ladite dame s'opposoient. A quoi leur fimes réponse que... nous étoit mandé procéder nonobstant oppositions et appellations quelconques... A quoi ledit de Coyctivy et lad. dame firent

(1) Cette pièce est conservée en original au département des manuscrits de la Bibliothèque nationale, Cabinet des titres.

réponse que desd. tour et donjon ils ne feroient aucune ouverture et qu'ils appeloient de nous en protestant d'attentats, mais que, par Dieu, nous fissions ce que mandé nous étoit ; et atant se départirent.

Et incontinent nous transportames devant la porte du donjon, close et fermée dedans, et illec appellames qui étoit dedans ; auquel appel un nommé Guillaume Oudry... demanda qui c'étoit, et lors répondimes que étions commissaire pour le Roy notre sire à prendre possession de la place en lui faisant commandement de nous faire ouverture. Ce que led. Oudry fit, et en entrant en icelle nous dit que, comme familier et serviteur dud. de Coyctivy, il s'opposoit à notre exploit et en tant que métier étoit appeloit de nous... Et ce fait nous fit bailler les clefs du donjon, et après entrames en la tour que trouvames ouverte sans y trouver aucunes personnes dedans ni aucuns biens meubles ni ustensiles, réservé certaine quantité de vin qu'on disoit être ès caves de lad. tour ; et lors primes et appréhendames réaument et de fait la possession réelle et actuelle desd. tour et donjon et de toutes les autres appartenances... et commimes gens, lad. possession prise de par ledit seigneur, pour la garde desd. donjon, chatel et terre.

Et de là nous transportames sur le pont de Taillebourg, étant des appartenances de lad. seigneurie, duquel pont et des tour et place étant sur icelui primes et appréhendames semblablement la possession sans aucune contradiction ; et nous en furent baillées les clefs par un nommé Rousselot, dit Le Picart, qui lors en avoit la garde de par led. de Coyctivy...

Et ce fait, led. jour même, environ une heure après-midi, nous transportames de rechef en la place de Taillebourg, où nous trouvâmes led. de Coyctivy dedans l'hotel de Saint-Seurin, auquel et à sa personne fimes commandement de par ledit seigneur, à semblables peines que dessus... de issir et vider led. hotel de Saint-Seurin, étant dedans et des appartenances de lad. place, duquel nous avons semblablement pris la possession... Le quel de Coyctivy nous fit réponse que led. hotel de Saint-Seurin étoit son acquet et n'étoit des appartenances dud. chatel ; et que quant au regard de lui son intention étoit de brief s'en partir, mais que l'intention de Madame sa femme n'étoit d'en issir, qui ne la mettroit dehors par force, en disant qu'il étoit appelant et qu'il protestoit des attentats. A quoi lui fimes réponse qu'il avisat bien à tout ce qu'il feroit et que tantôt après nous retournerions devers lui.

Et d'illec, à deux heures, derechef retournames par devers led. de Coyctivy, que trouvames devant led. hotel de Saint-Seurin, auquel, et à semblable peine que dessus, fimes commandement de vider et faire vider led. hotel lui, sa famille, serviteurs et biens quelconques, pour en faire et disposer ainsi que mandé à nous étoit ; auquel commandement led. de Coyctivy fit réponse que, sans préjudice... de ses protestations, il étoit content de vider led. hotel en baillant terme et délai compétent de ce faire. A quoi le reçumes et après lui fimes réponse que les gens de mons^{gr} du Maine étoient arrivés naguères aud. lieu de Taillebourg, pour prendre possession de la place... et que volontiers leur en parlerions et que le lendemain lui en ferions réponse.

Et tantôt après convocames et assemblames la plus grande partie des gens de bien de la ville en notre logis en icelle, aux quels nous exposames et notifiames notre exploit et que, pour possession de lad. ville et portes d'icelle, nous baillassent les clefs et nous accompagnassent à en prendre la possession, ce que libéralement ils firent ; et après la possession prise à l'une des portes de la ville, baillames lesdites clefs en garde, de par le Roy notre sire, au nommé Mery Defilz, l'un d'eux, jusques à ce que autrement y eut été pourvu.

Et le lendemain, 29e jour dud. mois, nous transportames par devers led. de Coyctivy, auquel... nous notifiames lesd. exploits. Et mêmement comme il nous avoit requis pour vider led. hotel de Saint-Seurin terme de huit jours et que nous avions depuis parlé aux gens de monsgr du Maine, qui en étoient assez contents, en lui faisant les commandements comme dessus. A quoi led. de Coyctivy nous répondit comme dessus et que nous excédions les termes de notre commission, parceque led. hotel de Saint-Seurin n'étoit aucunement des appartenances de lad. seigneurie, et que à cette cause il protestoit et appeloit comme dessus; mais que ce néanmoins dedans led. terme il videroit lui, sa famille et ses biens, dont nous fûmes contents et le lui octroyames libéralement. Toutefois, pour ce que en défaut de ce nous voyons que lesd. exploits ne seroient parfaits, nous lui notifiames que au cas qu'il désobéiroit à la délivrance dedans ledit jour, que nous prenions et mettions dès lors en la main du Roi notre sire tous et chacuns ses biens... »

Suit la délivrance par le commissaire royal des objets saisis, moins le pont et la ville de Taillebourg, aux fondés de pouvoir du comte du Maine : Guillaume Leroy, sgr de Chavigny, conseiller et chambellan du comte ; Jean Mérichon, sgr d'Huré, conseiller du roi, et Macé Gauvigneau, secrétaire du roi, dont l'intervention contribua probablement à faire prolonger le séjour de Marie de Valois dans l'hôtel de Saint-Seurin jusqu'à l'époque à laquelle Olivier de Coëtivy fut remis en possession de toute sa baronnie de Taillebourg, en vertu d'un arrêt du grand conseil, le 21 mars suivant.

G. — MOBILIER ET APPROVISIONNEMENT D'UNE DES MAISONS DU SGR DE TAILLEBOURG, AVEC LEUR ESTIMATION.

C'est la déclaration des biens meubles que monsgr Messire Olivier, sgr de Raiz, de Coectivy et de Taillebourg, requiert lui être rendus et restitués par Messire Louis Chabot chevr, sgr de Jarnac, et dame Jeanne de Montberon, sa femme, ainsi que condamnés y sont par arrêt de la Cour de parlement (1) ; lesquels biens, meubles étoient en l'hôtel de Cozes (2) au temps que ledit de Jarnac et sa femme prirent icelui hôtel par force sur les gens et serviteurs dudit de Coectivy, o protestation de demander les autres biens que ledit sgr de Taillebourg y avoit sitôt qu'il sera venu à sa connoissance.

Et premièrement, un coffre de Flandre étant en la chambre de derrière dudit hôtel, valant 3 écus.

Audit coffre y avoit : 7 grands plats et 9 moyens, le tout d'étain, valant 16 écus ;

19 écuelles d'étain aux armes dudit de Coectivy, et 3 autres écuelles d'étain, valant le tout 11 livres tournois ;

2 quartes et 2 pintes d'étain, valant 60 sous ;

6 chandeliers de cuivre, valant 12 livres ;

1 nape ouvrée et 2 plaines (unies) toutes neuves, 4 serviettes d'une aune de large, 7 longères de 4 aunes de long chacune, dont y en a 5 neuves et 2 vieilles, et 5 serviettes neuves, valant le tout 18 livres tournois.

(1) Du 8 octobre 1468.

(2) Dans la partie méridionale de la Saintonge.

En ladite petite chambre de derrière y avoit un lit tendu de tapisserie toute neuve, de verdure semée de fleurs de diverses couleurs, ciel, dossier, couverte et une pièce de [tapisserie] de muraille de même. Etoit la couëtte très-bonne et toute neuve, de duvet, garnie de traversier de même et d'oreillers, valant le tout 400 écus ;

En ladite chambre : une couchette garnie de traversier et d'une couverture, valant 10 écus ;

Trois arbalètes d'acier avec leurs habillements, valant 9 écus ;

Un petit coffre carré, marqueté, auquel étoient les bagues de Madame de Taillebourg (1), lesquelles valent grandes sommes de deniers, que ledit chevalier estime valoir 2,000 écus ;

Un grand cuivre et une grille, valant 10 écus ;

Deux grandes broches de fer, 3 écus ;

Une poële d'acier à longue queue, 1 écu ;

Deux bâts pour porter coffres, bien garnis, 3 écus ;

En la grand chambre : un lit garni de traversier et couverte, valant 15 écus ;

Une couchette garnie de traversier et couverte comme dessus, valant 10 écus ;

En la petite chambre haute : deux lits garnis de traversier et couvertes, valant 30 écus ;

En la chambre de la cuisine : un lit garni de traversier et couverte, comme dessus, valant 6 écus ;

(1) Les bijoux de Marie de Valois avaient probablement été transportés à Cozes lorsque Louis XI fit saisir Taillebourg.

Une caque de hareng blanc, valant 4 écus ;

Trois cents de hareng soret, valant 22 sols 6 deniers ;

Quatre cents livres de beurre, valant 12 livres ;

Six boisseaux de fèves et six de pois, valant 60 sols ;

Trois boisseaux de gruau, valant 1 écu et demi ;

Quatre boisseaux de fèves semées en jardin et un de pois, valant 25 sols ;

Un cent de merlus paré, valant 6 livres ;

De la porsille (1) qui avoit coûté à Bordeaux 40 sols ;

Au cellier : une barrique de vin de Lieppe, valant 10 écus ;

Demi pipe de vin de Rabastanc, qui avoit coûté à Bordeaux 6 écus sans le frêt ; pour ce pour le tout 7 écus ;

Deux pipes de vin de pays, valant 6 écus ;

Sept pintes d'huile de noix, 23 sols 4 deniers ;

Six pintes d'huile d'olives, 70 sols.

SOMME 2,619 écus et demi.

Item ledit chevalier avoit audit hôtel de Cozes plusieurs autres biens, lesquels ne pourroit déclarer pour le présent, pour l'absence d'aucuns de ses serviteurs qui avoient la garde dudit hôtel et des biens meubles étant dedans ; protestant de les déclarer sitôt qu'il viendra à sa notice.

Baillé par Jean de Valée, procureur de mondit sgr de Taillebourg.

(1) Je crois qu'il s'agit plutôt ici de marsouin salé que de porc.

H. — EXTRAIT D'UNE REQUÊTE PRÉSENTÉE, EN 1469, A CHARLES DE FRANCE, DUC DE GUYENNE, FRÈRE DE LOUIS XI, PAR OLIVIER DE COETIVY, AU SUJET DE LA RANÇON DU COMTE DE CANDALLE.

Messire Jean de Foix, comte de Candalle, autrefois tenant le parti des anglois, fut prisonnier de bonne guerre audit sgr de Taillebourg (1)...

Pour sa rançon et délivrance, au mois de janvier 1459 (vieux style), il s'obligea envers ledit sgr de Taillebourg et lui promit payer, dedans dix-huit mois prochains ensuivants, la somme de 23,850 écus d'or de bon poids et aloi, valant chacune pièce 27 sols 6 deniers tournois, monnoie courante ; et fut dit et appointé entr'eux que si dedans ledit terme le sgr de Candalle n'avoit payé au sgr de Taillebourg ladite somme, avec les dépens et frais raisonnables, que pour chacun mois qu'il défaudroit de payer il s'obligea et promit de payer audit sgr de Taillebourg la somme de 500 écus d'or de peine, en ce non compris les intérêts et dépens ni sans rien déroger à l'obligation du principal ; icelle peine de 500 écus à appliquer moitié au Roi notre sire et moitié au sgr de Taillebourg... Mais non obstant lesdites promesses et obligations, le sgr de Candalle ne paya point ladite somme... dedans le terme préfix...

En l'an 1461, que le Roi [Louis XI] vint à la couronne et au royaume, icelui sgr de Candalle, par ses poursuites et persuasions, trouva moyen que le Roi notredit sire contraignit le sgr de Taillebourg à tenir quitte le sgr de Candalle et ses otages de ladite somme, peines, dépens et intérêts... et à lui rendre et restituer les obligations, scellés et autres suretés que ledit sgr de Taillebourg avoit sur et à l'encontre de lui. Et au vouloir et commandement du Roi notredit sire le sgr de Taillebourg n'osa désobéir, car, pour et au moyen de certains faux et mauvais rapports qui faits

(1) Voir la pièce N, premier paragraphe.

avaient été audit sire de lui, icelui sire l'avoit destitué et désappointé de toutes ses terres et seigneuries, de son office de grand sénéchal de Guyenne, de la charge de cinquante lances et de plusieurs autres bienfaits qu'il avoit du temps du Roi Charles dernier trépassé, à qui Dieu fasse merci; et douta que s'il n'eut fait le plaisir et vouloir du Roi que pis il lui eut fait, au moins qu'il eut été tellement indigné contre lui que à jamais il n'eut eu restitution et délivrance de toutes ses terres et seigneuries qui étoient saisies à sa main et les aucunes jà aliénées.

Et quelque quittance que ledit sgr de Taillebourg baillât et fit audit sgr de Candalle, ce fut par contrainte et outre son gré et volonté et pour la crainte du Roi notre sire, qui ainsi le vouloit et commandoit être fait audit sgr de Taillebourg, qui devant le temps d'icelle quittance, en icelle faisant et depuis, fit ses protestations que ladite quittance il passoit et faisoit par force et outre son gré et volonté, et pour doute de sa personne et perdition de tous ses biens. Et quelque promesse que le Roi notre sire fit audit sgr de Taillebourg de le satisfaire, toutefois il n'en a rien fait...

Et pour ce, lesdites choses considérées, mêmement que ledit sgr de Taillebourg n'eut osé désobéir au Roi... que courroux de prince sont à craindre... et que, selon raison, les commandements et exprès vouloirs du prince et souverain, auxquels l'on n'ose désobéir, sont pris pour contrainte et violence, et que choses faites par contrainte ne sont à tenir et accomplir, soient obtenus lettres de la chancellerie de mondit seigneur... contraignant ledit sgr de Candalle à payer, rendre et restituer audit sgr de Taillebourg lesdites sommes de 23,850 écus d'or, peines, dommages et intérêts... nonobstant ladite quittance et décharge baillée audit de Candalle comme dessus,... dont icelui sgr de Taillebourg soit restitué et relevé de grâce spéciale, en ayant dispense de son prélat du serment qu'il fit de non venir au contraire.

J. — EXTRAIT DU COMPTE DES DÉPENSES DE L'HÔTEL DU S[gr] DE TAILLEBOURG, POUR LA NOURRITURE DE TOUTE SA MAISON.

Lundi 25 juin 1470.

1° (1) 18 petits pains, 78 grands pains, 5 pièces de bœuf salé, 1 mouton, 1 chapon, 1 oison, 6 poulets.

2° un mouton 10 sous ; un chevreau 5 s.

Mardi 26.

1° 18 petits pains, 96 grands pains, 6 pièces de bœuf salé, 2 moutons, 1 chapon, 1 oison, 6 poulets.

2° un mouton 10 s.; un chevreau 5 s.

Mercredi 27.

1° 16 petits pains, 78 grands pains, 3 pièces de bœuf salé, 1 mouton, 1 chapon, 6 poulets, beurre.

2° un mouton 10 s. ; lait 8 deniers ; quatre picotins de moules 16 d.

Jeudi 28, veille de Saint-Pierre et Saint-Paul.

1° 24 petits pains, 66 grands pains, 7 livres de beurre.

2° dix-huit mulets de mer 7 s. 6 d. ; quatre merlus 4 s. ; quatre picotins de moules 16 d.; deux coins de beurre frais 8 s. ; œufs à 12 au blanc 3 s. 9 d. ; lait 10 d.; façon de cinq pâtés de mulets 2 s. 1 d.

(1) Pour chaque jour, le 1° indique les objets provenant de la provision du château, et le 2° les objets achetés ou façonnés, avec leur prix.

Vendredi 29.

1° 22 petits pains, 72 grands pains, 9 livres de beurre.

2° trois merlus 3 s. 9 d.; trois douzaines de surmulets et deux soles 8 s. 4 d.; deux coins de beurre frais 10 d.; œufs à 12 au blanc 6 s. 4 d.; pezeaux nouveaux (petits pois) 13 d.; lait 10 d.; pour la façon de 6 pâtés de lièvre et de pigeons 2 s. 6 d.

Samedi 30.

1° 16 petits pains, 99 grands pains, 7 livres de beurre.

2° trois douzaines de surmulets ; cinq soles et deux maigreaux 13 s.; œufs à 12 au blanc 8 s.; lait 10 d.; trois coins de beurre frais 12 d.; trois fromages 16 d.; neuf couples de poulets, à 15 d. le couple, 11 s. 3 d.

Dimanche 1er juillet.

1° 24 petits pains, 72 grands pains, 5 pièces de bœuf salé, 1 pièce de bœuf frais pour rotir, 1 mouton, 1 oison, 1 chapon, 6 poulets.

2° un mouton 10 s.; un quartier de veau 5 s.; la fraise et les pieds dudit veau 20 d.; façon de 3 pâtés de lièvre 20 d.; achat d'un bœuf, duquel fut fait 72 pièces pour saler et 2 grandes pour rôtir, 70 sous.

K. — [A FRANÇOIS MULOT, RECEVEUR DE ROCHEFORT].

Monsr le Receveur, je me recommande à vous tant comme je puis. Faites couvrir la chambre d'Orléans, laquelle est mal à point, ainsi que Collynet Adryan, serviteur du s[gr] de Taillebourg, a dit à Monseigneur (1); et donnez bien à manger au sanglier, afin qu'il soit gras aux couches de Madame. Je vous recommande toujours mon fait, et adieu.

Ecrit à Taillebourg ce 21e d'octobre [1471].

Le tout vôtre,

MORICE DE VILLEBLANCHE.

L. — EXTRAIT D'UNE ENQUÊTE FAITE EN 1488, A LA REQUÊTE DE CHARLES DE COETIVY, COMTE DE TAILLEBOURG, AU SUJET DU PÉAGE APPELÉ *la Coûtume de Royan.*

Maitre Jean LEBRETON, huissier en la Cour du parlement de Bordeaux, âgé de cinquante ans ou environ,... sait bien que ledit demandeur est vrai seigneur et possesseur du château et chatellénie, terre et seigneurie de Royan, à cause de laquelle il a plusieurs droits; lequel château et place est assis en la comté de Saintonge et sur la rivière de Gironde. Et dit savoir qu'il en est seigneur pour ce

(1) Pour ce travail, ainsi que pour la porterie du château, Jean Robin, recouvreur, toucha la somme de 7 sous 6 deniers tournois, le 22 novembre suivant.

qu'il étoit avec Monsr le Président de Puy Jarreau quand le traité du mariage fut fait d'entre feu messire Olivier de Coictivy, père dudit demandeur, et feue dame Marie de Valoys ; et que par ledit traité le roi Charles dernier trépassé, que Dieu absolve, donna audit de Coictivy tout le droit qu'il pouvoit avoir en ladite chastellenie de Royan avec certaine somme de deniers qu'il fit payer et délivrer audit de Coictivy à Lyon, mais n'est recors quelle somme...

Guillaume ROUAUD, marinier, demeurant à Royan, âgé de quatre-vingts ans ou environ... sait bien que du vivant du feu roi Louis, de bonne mémoire, que Dieu absolve, feu messire Jacques de Pons fut débouté par justice de la possession de la terre et seigneurie de Royan, et en fut fait vrai seigneur messire Olivier de Coictivy, père dudit demandeur, lequel durant sa vie en a joui et usé paisiblement... et fait lever ledit droit et coutume de deux deniers obole tournois pour chacun tonneau de vin...

André ROBINEAU, marinier, demeurant en la ville de Royan, natif de la p^{sse} de Saint-Martin-de-Ré, âgé de soixante ans ou environ.... dit qu'il est recors que du temps de feu messire Olivier de Coictivy, qui étoit s^{gr} de Royan, qui peut avoir treize ans ou environ, ledit s^{gr} envoya après un navire de Bretagne qui n'avoit payé ladite coustume; lequel fut pris, et le vit ledit qui parle au port de Royan. Et ainsi qu'il a oui dire, ledit s^{gr} de Coictivy, à la requête de Madame sa femme, pour ce que ledit navire étoit de Bretagne, quitta la confiscation et prit seulement un ou deux tonneaux de vin et les laissa aller...

Heliot SERVANT, demeurant et natif de la ville de Royan, âgé de cinquante et cinq ans ou environ... dit que depuis le temps de quarante ans qu'il a vraie connoissance et a toujours vu que les officiers dudit seigneur, qui est demandeur, et de ses prédécesseurs ont accoutumé prendre, lever et recevoir deux deniers obole tournois pour chacun tonneau de vin passant par devant le château de Royan par la rivière, et huit deniers pour chacun tonneau de blé... Dit outre qu'il a vu par plusieurs fois que lesdits seigneurs et leurs officiers alloient après les navires qui passoient par devant Royan sans payer ladite coutume de deux deniers obole tournois par tonneau de vin. Et y a vu aller par une fois feu messire Olivier de Coëctivy, étant ledit qui parle avec lui, et prirent trois navires de Bretagne et les amenèrent à Royan ; mais à la requête de la feue dame de Taillebourg, femme dudit de Coictivy, icelui de Coictivy les laissa aller sans les confisquer et payèrent seulement ladite coutume...

M. — INVENTAIRE FAIT DES ROBES DE FEUE MADAME (1).

Premièrement de celles qui sont en coffre de la grand'chambre au pied du grand lit :

Une robe de velours noir fourrée de martre, le git de martre de la longueur d'une bête.

Une robe de velours cramoisi fourrée de menu-vair, le git d'hermines de la longueur de deux bêtes.

Une robe de velours noir fourrée de menu-vair, le git d'hermines de la longueur de trois bêtes.

Une robe de velours bleu fourrée de menu-vair, le git d'hermines de la longueur de trois bêtes.

Une robe toute de velours noir doublée de bougran noir;

(1) On reconnaît ici la plupart des étoffes et fourrures données par Charles VII à sa fille naturelle, pour ses habillements de noces. *V. pièce D.*

Une robe de velours bleu, un petit git de velours noir et doublée de bougran noir.

Une robe de velours gris, un git de velours noir de la largeur du velours, doublée de bougran noir.

Une robe de velours tanné, un petit git de velours cramoisi, doublée de bougran noir.

Une robe de damas noir, le git de velours noir de la largeur du velours, doublée de bougran noir.

Une robe de damas noir, un petit git de velours noir, doublée de bougran noir.

Une robe de camelot de soie changeant, un petit git de velours noir, doublée de bougran noir.

Une robe d'écarlate fourrée de martres, le git de martres de la longueur d'une bête.

Une robe de drap noir fourrée de martres, un petit git de martres.

Une robe d'écarlate fourrée de menu-vair, le git de martres de la longueur de deux bêtes.

Une autre robe de velours noir fourrée d'agneaux noirs et un petit git.

Une autre robe de drap noir fourrée d'agneaux noirs, le git de bougran de la longueur de la bête.

Une autre robe de drap noir fourrée d'agneaux noirs, le git de bougran de la longueur de la bête.

Une robe d'écarlate fourrée d'agneaux noirs et un petit git.

Une autre robe d'écarlate, le git de la largeur du velours noir, doublée de bougran noir.

Une autre robe de drap bleu, le git de la largeur du velours noir, doublée de bougran noir.

Une autre robe de drap vert, le git de velours noir de la largeur du velours, doublée de bougran noir.

Une autre robe de migraine et un petit git de velours noir, doublée de bougran noir.

Une cotte simple de velours noir doublée de bougran noir, à 62 annelets d'or.

Une autre cotte de damas noir fourrée d'agneaux blancs.

Une autre cotte de migraine.

Une autre cotte de drap noir.

S'ensuit les robes qui sont en la chambre du milieu, en un coffre près de la cheminée :

Une robe de velours cramoisi simple, à longue queue.

Une autre robe de velours noir à longue queue, le git de velours cramoisi de la moitié du velours, doublée de bougran rouge.

Une autre robe de velours sur velours vert, le git de velours sur velours cramoisi de la moitié du velours, doublée de toile rouge.

Un git de velours cramoisi de tout le velours.

Une cotte de damas gris, fourrée d'agneaux blancs.

Une autre cotte de satin noir, doublée de toile.

Une autre robe de drap noir fourrée de gris, le git de gris de la longueur d'une bête.

Une autre robe de nuit, de drap noir, fourrée d'agneaux noirs.

Une autre robe de nuit, de drap gris, fourrée de martres.

Une brassière de velours noir, fourrée de martres.

Une autre brassière d'écarlate, fourrée d'agneaux blancs.

Un git d'une robe d'agneaux, de la longueur de la bête.

Un manteau de drap noir, doublé de même.

———

N. — LETTRES-PATENTES DE LOUIS XI, CONTENANT, A PROPOS DE LA CESSION ET TRANSPORT DE ROCHEFORT SUR CHARENTE, AVEU ET ÉNUMÉRATION DE SES TORTS ENVERS OLIVIER DE COETIVY.

Louis par la grâce de Dieu roi de France.

Savoir faisons à tous présents et à venir que comme, durant la conquête faite par notre très cher seigneur et père, que Dieu absolve, de nos pays et duché de Guyenne, notre amé et féal cousin, conseiller et chambellan Olivier de Coictivy, chev[r], s[gr] de Taillebourg, étant lors au service de feu notre très cher seigneur et père et son sénéchal de Guyenne, fut pris prisonnier par les anglois et mené en Angleterre, où il demeura et fut détenu par longtemps et jusques à ce qu'il fut mis à grande rançon, qu'il paya. Et durant ce qu'il fut ainsi prisonnier en Angleterre, advint que notre cousin, le comte de Candalle (1), lors tenant le parti desdits anglois, fut pris et fait prisonnier de notre feu père, lequel, pour aucunement relever et récompenser ledit de Coictivy des grands dommages et dépenses qu'il avoit eus pour sa prison, lui donna notre cousin de Candalle pour être son prisonnier et en avoir la rançon. Et à cette cause icelui de Coictivy eut et tint en ses mains ledit de Candalle comme son prisonnier et le garda par longtemps et jusques à ce qu'il se mit à rançon, dont il paya partie; et en resta la somme de 18,000 écus d'or, qui lui est encore due pour ce que, à notre joyeux avènement à la couronne, nous demandames et voulumes avoir ledit comte de Candalle, qui encore étoit prisonnier dudit de Coictivy, qui le nous bailla et délivra moyennant ce que lui promimes payer et faire payer ladite somme de 18,000 écus d'or dedans certain terme pieçà passé.

(1) Jean de Foix.

Et avec ce, à notredit joyeux avènement à la couronne, parce que l'on nous donna à entendre, contre la vérité, que la seigneurie de Taillebourg étoit de notre ancien domaine, qui n'étoit pas vrai mais appartenoit et encore appartient audit de Coictivy, nous la fimes prendre et mettre en notre main et en furent par longtemps les fruits, profits, revenus et émoluments pris et levés, en grande estimation et valeur, par Gaston du Lyon, lors notre sénéchal de Saintonge, auquel en avions fait don ; et après ce que ledit de Coictivy nous eut duement informé que la seigneurie de Taillebourg lui appartenoit et étoit son vrai domaine, la lui délivrâmes et le promimes récompenser desdits fruits et levées.

Et en outre, pour ce que le sire de Pons (1) nous donna à entendre que les seigneuries, terres et chatellenies de Royan et Mornac lui appartenoient et non audit de Coictivy, le quel et notre chère et amée sœur naturelle Marie de Valoys, sa femme, les tenoient, possédoient et exploitoient, et leur avoient été données et baillées, en faveur de leur mariage, par notre feu seigneur et père, nous fîmes bailler et délivrer audit de Pons lesdites seigneuries de Royan et Mornac ; et tantôt après lesdits de Coictivy et sa femme se tirèrent par devers nous et nous montrèrent le bon droit qu'ils avoient èsdites seigneuries, et comme le feu s[gr] de Pons n'y avoit jamais eu droit, en nous requérant que leur permissions le poursuivre en justice pour lesdites seigneuries, dont fûmes content.

Et dès lors, ou tantôt après, baillames et transportames auxdits de Coictivy et notre sœur le chatel, chatellénie, terre et seigneurie de Rochefort sur Charente, ses appartenances et appendances, o telle condition que s'il étoit dit

(1) Jacques, s[gr] de Pons, vicomte de Turenne, s[gr] des îles d'Oléron, Marenne, Arvert, Brouhe, Chessoubz, &, &.

par justice qu'ils n'eussent droit ès seigneuries de Royan et Mornac, icelle chatellénie, terre et seigneurie de Rochefort leur demeureroit à perpétuité pour eux, leurs successeurs et ayants cause, et s'ils avoient droit ès seigneuries de Royan et Mornac ils nous rendroient la seigneurie de Rochefort ; et de ce nous leur donnames lettres qui furent publiées en notre cour de parlement et duement vérifiées en notre chambre des comptes. Moyennant les quelles nos lettres lesdits de Coictivy et notre sœur mirent en procès, en matière de nouvelleté, le feu s^{gr} de Pons ; auquel procès fut tant procédé que par arrêt de notre grand conseil (1), auquel ledit feu de Pons fit évoquer la cause, lesdits de Coictivy et notre sœur furent maintenus et gardés en possession et saisine des seigneuries et chatellénies de Royan et Mornac et notre main mise et apposée èsdites seigneuries levée à leur profit, et fut ledit de Pons condamné en leur dépens. Et par ce moyen nous seroit la chatellénie, terre et seigneurie de Rochefort revenue et les fruits d'icelle, au moyen de notre main levée des terres et seigneuries de Royan et Mornac au profit desdits de Coictivy et notre sœur.

Et pour ce que, depuis que promimes audit de Coictivy lui payer ou faire payer lad. somme de 18,000 écus d'or dedans certain temps piéçà passé, n'avons pu icelui de Coictivy payer d'icelle somme, ni aussi le récompenser des fruits, profits et revenus que fimes prendre de la seigneurie de Taillebourg, ni pareillement de la seigneurie des Gons, près Saintes, que long temps avons tenue et fait tenir les fruits d'icelle, qui appartenoit audit de Coictivy

(1) Le 17 octobre 1468 ; mais depuis la première cession de Rochefort, septembre 1462, Louis XI l'avait fait saisir en même temps que Taillebourg (fin de 1465), pour en investir le comte du Maine, au nom duquel les deux châteaux furent occupés jusqu'aux derniers jours de mars 1466.

et lui a été adjugée par arrêt de notre cour de parlement; et obstant les grandes charges que avons eues et encore avons de présent à supporter, n'avons pu et ne pouvons faire payer ni appointer notredit conseiller de ladite somme de 18,000 écus d'or et autres choses susdites : par quoi nous a fait humblement supplier et requérir que le veuillions sur ce assurer et pourvoir en manière qu'il puisse être payé et récompensé, et sur celui impartir notre grâce.

Pourquoi nous, les choses dessusdites considérées, les quelles nous savons être véritables et en sommes bien recors et mémoratifs (1)... à icelui de Coictivy avons baillé, cédé, délaissé et transporté... pour lui, ses hoirs mâles et femelles nés et à naitre de lui en loyal mariage et aux descendants d'eux, à toujours,... notre chatel, chatellénie, terre et seigneurie de Rochefort, ses appartenances... et dépendances quelconques... pour les avoir, tenir, posséder et exploiter... et en faire et disposer comme de leur propre chose et héritage, sans aucune chose en réserver à nous ni à nos successeurs rois de France sinon seulement les foi et hommage lige, ressort et souveraineté; en payant toutefois les droits et devoirs anciens, fiefs et aumônes, s'aucuns en sont dûs, à qui et ainsi qu'il appartiendra.

Sous condition toutefois que quand nous et nos successeurs voudrons avoir et recouvrer lesdits chatel, chatellénie... de Rochefort des mains de notre conseiller et chambellan et des siens, faire le pourrons en leur payant et baillant... ladite somme de 18,000 écus, sans ce que aucune chose leur soit déduite et rabattue des fruits et revenus que icelui... et ses hoirs en auront pris et perçus...; tant pour le récompenser des fruits que avons fait prendre de la terre et seigneurie de Taillebourg, et

(1) Les points indiquent, ici comme dans les pièces F, H et L, la suppression de formules inutiles au sens.

des pertes et dommages que pour ce il a eus et soutenus, que des fruits que avons fait prendre de la terre et seigneurie de Royan, depuis que l'avons prise et mise en notre main et baillée en garde au s[gr] de Maigné (1), que aussi en faveur des bons, féaux, continuels et agréables services que notredit conseiller et ses prédécesseurs nous ont faits, et à la couronne de France, le temps passé. Pourvû aussi que notredit conseiller et chambellan sera tenu bailler et rendre, en notre chambre des comptes à Paris, toutes les obligations, cédules et reconnoissances qu'il a de ladite somme de 18,000 écus d'or, tant de nous que de notre cousin le comte de Candalle, s'aucunes en a et rendues ne les a.

Si donnons en mandement à nos amés et féaux les gens tenants et qui tiendront notre cour de parlement à Paris, gens de nos comptes et trésoriers, aux sénéchal de Saintonge et gouverneur de la Rochelle et à tous nos autres justiciers et officiers, ou à leurs lieutenants... que de nos présents... transport, don et autres choses dessus dites ils fassent, souffrent et laissent notredit conseiller et chambellan et ses hoirs mâles et femelles descendants de lui... jouir et user plainement et paisiblement, sous les conditions et en la manière dessus déclarées...

Donné au Plessis du Parc lès Tours, au mois de mars l'an de grâce 1479, avant Pâques, et de notre règne le 19e.

Ainsi signé sous le repli : LOUIS.

Et sur ledit repli : Par le Roi, les sires du Lude, du Bouchage et autres présents, E. DE MARLE.

(1) Antoine de Chourses, s[gr] de Magné, près Niort, auquel par cette saisie Louis XI obligea M. de Taillebourg à donner sa fille aînée en mariage.

La Roche-sur-Yon, L. Gasté, imprimeur de la Préfecture.

www.ingramcontent.com/pod-product-compliance
Ingram Content Group UK Ltd.
Pitfield, Milton Keynes, MK11 3LW, UK
UKHW020953180726
13838UKWH00003B/1289

9 782329 4525